ROMPIENDO LOS LÍMITES

ANNA KATMORE

ROMPIENDO LOS LÍMITES

Corazones Rotos, libro 2

www.annakatmore.com

CAPÍTULO 1

Sebastian

—Titanio…

¡MIERDA!

—Sebastian —gime Noah, apoyado en la barra de The Knockout mientras espera que lo bese. El golpe seco de la música del club le vibra en el cuerpo, del mismo modo que la palabra de seguridad de Raffael me sacude por dentro.

Cuando traje aquí al estudiante larguirucho después de que Raff me mandara a buscar a alguien más con quien pasar el rato —algo que se aseguró de repetirme—, no tenía intención de besar a Noah delante de él. Solo un poco de coqueteo. Lo justo para demostrarle que dos hombres podían estar juntos en público sin terminar en la hoguera.

Ahora, con mis labios detenidos a un suspiro de los suyos, soy incapaz de moverme.

Nunca he deseado a nadie como deseo a Raffael. Ese copo de nieve islandés se me mete bajo la piel cada vez que compartimos una habitación. Anoche, cuando me tocó con tanta cautela después de nuestro trato por el videojuego, estuve a punto de perder la cabeza de ganas de atraerlo hacia mí y besarlo hasta hacerlo olvidar dónde estaba.

Entonces, ¿por qué esta noche todo se desborda de una forma tan jodidamente horrible?

No suelo proponérmelo cuando hago daño. Pero tampoco estoy acostumbrado a que me hieran así de profundo. Raff no quiso lastimarme cuando me cerró la puerta en la cara. Tiene miedo. Un miedo de mierda a lo que siente. Descubrir a los veintitrés años que te atraen más los hombres que las mujeres es un golpe enorme, sin duda. Pero fingir que no es verdad solo te lleva directo al infierno.

Y creo que acabo de darle su primer sorbo real de eso con Noah aquí.

Me muerdo el labio y dejo escapar un suspiro largo antes de mirarlo. Tiene los ojos cerrados y la garganta le late con fuerza. Los nudillos se le han vuelto blancos de tanto apretar la botella de Eristoff que tiene delante, y las aletas de la nariz se le abren y cierran con cada respiración temblorosa.

Joder. Durante un tiempo me pregunté cuáles serían sus límites. Estaba convencido de que sería un beso, pero jamás imaginé que sería verme a punto de besar a otro lo que activaría su palabra de seguridad.

Tanya nos observa a los tres como si estuviera presenciando el fin del mundo. Y, en cierto modo, lo es. Solo que se trata del final de la vida de Raffael tal como la ha conocido durante tanto tiempo. Ni ella ni su amigo pelirrojo, Felix, pueden hacer nada para amortiguar la caída brutal de Raff. Todos quedamos paralizados ante el impacto de su mundo hecho añicos.

Cuando Raffael vuelve a abrir los ojos, su mirada se clava en la mía. Su pecho se eleva dos veces y mantiene la boca firmemente cerrada.

—Raff... —raspo, pero nunca llega a escuchar el resto de su nombre.

Con el dolor y el desprecio hacia sí mismo marcados con crudeza en el rostro, golpea las llaves del auto con la palma, las barre del mostrador y se desliza del taburete. En un abrir y cerrar de ojos ya no está, abriéndose paso con furia entre la multitud rumbo a la salida del club.

¡Joder!

—¡Raffael! —le grita Tanya al pasar como una exhalación a mi lado para ir tras él, con Felix pisándole los talones.

—¿Está todo bien? —pregunta Noah, tensándose al salir de su neblina cargada de deseo para mirar en dirección a los demás.

Mi mano sigue bajo su sudadera, pero la retiro de inmediato. —Escucha, debería ir tras él y asegurarme de que esté bien. No está acostumbrado a beber y no debería manejar esta noche. —Aunque dudo que ese cuarto de botella de Eristoff Ice afecte demasiado su capacidad para conducir.

—Sí, claro —responde Noah de inmediato, todavía un poco desorientado—. Ve con él. Raffael es un buen tipo. No quiero que le pase nada.

No parece notar lo que realmente ocurre entre Raff y yo, pero que se joda explicarle cuál es el problema. En cualquier caso, le estoy profundamente agradecido por su comprensión.

Con un asentimiento breve, me voy, serpenteando entre la gente rumbo a la salida. Felix está afuera, y Tanya regresa trotando desde la esquina, con los tacones de las botas repiqueteando contra el concreto. Se alisa la camiseta gris ajustada sobre el estómago al detenerse junto a nosotros y, sin mirarme siquiera, le lanza a Felix una mirada desesperada.

—Se fue manejando.

—¿Alguna idea de adónde? —exijo. Mi auto está a la vuelta de la esquina y no le lleva tanta ventaja.

En lugar de responder, Tanya me clava una mirada fulminante, de esas que buscan aniquilar. —¿De verdad era necesario?

¿Atravesar sus muros y tocar por fin el núcleo que intenta enterrar con tanta desesperación? —Sí.

Como ahora mismo no es de gran ayuda, saco el teléfono y llamo a Raffael. Suena un par de veces y luego entra el buzón de voz. —Mierda.

Felix, que al lado de Tanya parece extrañamente calmado, también intenta llamarlo, pero baja la mano dos segundos después y frunce el ceño al mirar la pantalla.

—Lo apagó.

—¿Adónde iría en un momento así? —le pregunto a Felix, manteniendo la voz serena pero firme. No pienso perder media hora sacándoles la información a los dos.

Aprieta los labios y luego responde tras inhalar y exhalar con lentitud.

—A casa. Necesita consuelo, cosas familiares.

—¡Felix! —exclama Tanya, dando un paso atrás, indignada, pero él estira la mano, entrelaza los dedos con los de ella y la atrae de nuevo hacia sí. Ella rechina los dientes y luego dice—. Está bien. Entonces tú y yo iremos para allá a verlo.

—No, no iremos —responde Felix. La forma en que le habla, con tanta ternura pero con un tono que no admite réplica, me hace preguntarme qué tan profundos son realmente sus sentimientos por ella. Y los de ella por él, cuando parpadea con esos ojos grandes y oscuros y frunce los labios en un puchero. Felix inclina la cabeza hacia mí—. ¿Vas a ir?

Asiento con decisión y Tanya gruñe.

—¿Por qué dejarías que él vaya tras Raff, después de lo que hizo adentro?

—Porque, aunque me muera de ganas de romperle la cara por eso, creo que le importa. Por eso está aquí, con esa cara de muerto. Y… confío en él.

—Ni siquiera lo conoces —murmura ella, con el ceño fruncido y los labios apretados.

—No. Pero Raff sí —Felix la rodea con los brazos y le acaricia la espalda, diciendo mucho más suave que antes—. Esta no es nuestra pelea, Tanya.

Guau. El amigo de Raffael acaba de ganarse mi respeto. Y Tanya también, porque está claro que se preocupa por Raff. Lo ama. Me cayó bien por esa razón exacta desde el primer momento en que hablé con ella. Y entiendo por qué ahora está furiosa conmigo.

Doy un paso al frente y le tomo el mentón con suavidad para obligarla a mirarme.

—Oye. Siento que Raff esté sufriendo. No voy a disculparme por obligarlo a enfrentar lo que siente, pero te prometo que iré tras él y haré todo lo posible por arreglarlo.

Con un puchero suave, me fulmina con la mirada un segundo más y luego suspira y asiente, todavía con el mentón entre mis dedos. —No lo lastimes otra vez.

Eso no es algo que pueda prometer, porque no creo que ya hayamos salido del bosque. Pero al menos digo:

—Haré todo lo posible.

Toma el teléfono de mi mano, marca su número y me lo devuelve. —Llámanos si algo sale mal, ¿sí?

—Lo haré.

Aliviado de que haya perdido la mirada asesina, guardo el celular en el bolsillo y rodeo la manzana hasta donde está estacionado mi auto. Las puertas se destraban con el destello de las luces. Sin perder ni un segundo en abrocharme el cinturón, arranco el motor. Cobra vida con un rugido y las llantas chillan cuando piso el acelerador más de la cuenta. Es casi medianoche. A esta hora hay muy poco tráfico y el trayecto hasta Mayfair es corto. Intento llamar a Raff otra vez, pero solo responde el buzón de voz, así que lanzo el teléfono al asiento del copiloto y lo cubro con mi gorra.

Frente a su edificio, dudo un instante si estacionarme afuera, pero no creo que me deje entrar si toco el timbre. Así que tomo la curva hacia el estacionamiento subterráneo y maniobro el Honda con rapidez hasta el lugar 37A. El 37 está ocupado por el Corvette gris carbón. Gracias a Dios, está en casa.

Una vez estacionado, salto del auto y corro hacia el ascensor, donde presiono el botón varias veces con impaciencia para que baje de una maldita vez. Ya dentro de la cabina de metal y espejos, marco el código que Raff usó la última vez que estuvimos aquí juntos, que creo que podría ser su cumpleaños. Se habilita el botón del noveno piso y el ascensor me lleva directo a su departamento.

Durante todo el ascenso, los dedos se me acalambran alrededor de la barra metálica detrás de mí y mi mirada se queda fija en los números de los pisos, que avanzan con una lentitud desesperante. Cuando por fin se abre la puerta, una luz tenue del área de estar del departamento de Raffael me recibe, pero él no está a la vista.

—¿Raff?

Si no está abajo, debe estar arriba, quizá en su habitación o incluso duchándose. La verdad, me importa un carajo cuál sea el caso. Voy a interrumpir lo que sea que esté haciendo. Lo único que me importa es verlo y arreglar las cosas después del desastre en el club.

Subiendo de dos en dos los escalones y aferrándome al pasamanos, corro escaleras arriba y me detengo de golpe, sorprendido. De inmediato entiendo que no lo encontraré ni en el dormitorio ni en el baño. De detrás de la otra puerta de este nivel sale música.

Con la cabeza ladeada, intrigado, avanzo despacio hacia la sala de juegos. Alzo la mano para tocar, pero en el último segundo decido no hacerlo y abro la puerta con cautela, sin anunciarme.

La música de violín dubstep me da la bienvenida a un mundo tan hecho trizas como debe sentirse Raffael. Al recorrer la habitación con la mirada, veo esposas, cuerdas, cajones destrozados y una impactante colección de látigos esparcidos por el suelo. Contengo el aliento. Las cortinas han sido arrancadas de la pared; la barra de hierro está desprendida. Las sábanas moradas de la cama con dosel de caoba yacen hechas un ovillo en un rincón.

La silla de club que estaba junto a la ventana fue usada para destrozar una de las exquisitas estanterías, dejando astillas de madera por todas partes. Raffael está sentado en el piso, en medio del caos. Apoya la espalda en el marco de la cama, con las piernas recogidas, los codos sobre las rodillas y el rostro hundido entre las manos. Su polo blanco yace tirado a sus pies, y su pecho desnudo sube y baja con respiraciones lentas y profundas.

De mala gana doy unos pasos dentro de la habitación y, de camino, lanzo una mirada rápida al equipo de sonido. Underground, de Lindsey Stirling, suena tan fuerte que Raffael aún no se ha dado cuenta de mi presencia. Verlo tan roto en el suelo me aprieta el corazón con una fuerza dura y desconocida.

Pienso en agacharme frente a él y tocarlo con cuidado para sacarlo de su devastación. Tal vez se lo deba, como disculpa. Pero con toda la rabia que impregna este lugar, se siente como lo incorrecto. Raffael necesita reglas. Necesita límites que pueda trazar. Órdenes que pueda seguir. Dentro de él duerme una pasión profunda que quiere liberarse, pero es evidente que no sabe cómo dejarla salir.

Ayer, Tanya sugirió usar la sala de juegos como territorio neutral. Tenía toda la razón.

Con el cuerpo tensándose para un juego que esta noche podría llevarnos a ambos al límite, avanzo con paso firme hacia Raff y le agarro la muñeca, apartándole la mano del rostro. Tiro de él y levanto al tipo sorprendido hasta ponerlo de pie.

Bueno, entonces…

—Veamos si podemos enderezar esto.

CAPÍTULO 2

Raffael

¿Qué carajos?

Me levantan de un tirón tan brusco que la maldición se me queda atascada en la garganta.

Sebastian. Saber que está en mi departamento me golpea como un bate directo al estómago. Se me cierran los pulmones y el aire se me escapa en un silbido. El impacto me deja con los ojos desorbitados mientras fijo la vista en su expresión decidida. Está en mi habitación de reglas y disciplina, o en lo poco que queda de ella. La destrocé en un arrebato salvaje, descargando todo el odio y la rabia que llevaba acumulados. Por encima de todo, intenté arrancarme la confusión de encima, estrellando mis emociones contra cada estante y cada objeto de este cuarto. Ahora es un desastre. Igual que yo.

¿De qué demonios está hablando? ¿Aclarar esto? ¿Y con qué derecho entra a mi casa sin pedir permiso? Mi mundo… —No puedes…

—Oh, claro que puedo. —Su voz es tan fría que parece venir de agua helada. Me arrastra por la habitación hasta la pared. Su mano se cierra sobre mi muñeca con una fuerza de hierro. Aquí dentro no suelo ser dócil, pero Sebastian es claramente más fuerte que yo—. ¿Te sientes seguro jugando a amo y sumiso? —escupe—. Perfecto, Raff. Vamos a jugar un poco ahora. Solo tú y yo.

Por cómo aprieta mi antebrazo, sé que sus dedos me van a dejar moretones antes de desaparecer otra vez de mi vida. —¡Se acabaron los juegos! —gruño, forcejeando. Pero me atrapa el otro brazo y me planta las manos abiertas contra la pared, encerrándome desde atrás.

—¿Se acabaron? Ya quisieras. Apenas estamos empezando, Islandia. —Su risa helada roza mi oído—. ¿Cuál es tu palabra de seguridad? ¿Pollo?

Tiro de las manos para liberarlas, pero enseguida las vuelve a colocar, usando todavía más fuerza al estampar mis palmas contra la pared. Con la rabia subiéndome en oleadas, giro la cabeza y lo fulmino con la mirada por encima del hombro. —¡Que te jodan!

—No. —La risa se le apaga y su mirada se clava en la mía—. Te jodo si apartas las manos de esta pared siquiera un centímetro antes de que termine contigo. —Su erección dura se presiona contra mi trasero, y sé que no está bromeando.

No entiendo por qué una parte de mí quiere hacer exactamente lo que dice. Por qué hay una vocecita mínima en mi cabeza que susurra que lo prohibido va a ser increíble si me dejo llevar. No se calla. Así que, cuando Sebastian suelta mis muñecas, dejo las manos apoyadas contra la pared. La habitación vibra con los acordes de un violín eléctrico y mi corazón late al mismo compás.

Me agarra un puñado de pelo y me echa la cabeza hacia atrás con brutalidad, su cuerpo aún pegado a mi espalda, obligándome a mirar al techo. Cierro los ojos.

—Tú decides cuándo estás listo para besarme —gruñe junto a mi oído—. Pero todo lo demás… —sus labios se hunden contra el costado de mi garganta, su lengua gira con fuerza sobre mi piel, dibujando dos círculos ardientes—… va a ser decisión mía desde ahora. —Y entonces muerde.

El deseo se me acumula en el vientre como el

veneno de una serpiente de cascabel. No hace tanto probé de verdad, por primera vez, los juegos de Sebastian. Son peligrosos. Implacables. Y siempre me dejan hecho pedazos... con una parte de mí pidiendo más.

Afloja el agarre en mi pelo y recorre mi cuerpo con las manos, arañándome el pecho con las uñas, salvaje, marcándome. Se me escapa un gemido entre los dientes apretados. Luego desliza las palmas por mi abdomen hasta aferrarse con fuerza a mis caderas. Mete las yemas de los dedos bajo la pretina de mis jeans y me jala con rudeza contra él. —Maldita sea, Raffael —jadea—, casi deseo que quites las manos de la pared.

¿Para que me folle? Sí, claro que no.

La sensación de sus dedos tan cerca de mi ingle me provoca un temblor eléctrico. Cuando clava los dedos en mi carne, inhalo con brusquedad, pero el sonido queda ahogado por el chasquido de mi bragueta al abrirse.

Mi erección crece en el mismo instante en que Sebastian se nombra amo del juego esta noche. Ahora me libera el sexo y me lo acaricia con firmeza. Sus dedos calientes rodeando mi polla me arrancan un gemido. De vergüenza... y de placer. Cada maldito final nervioso de mi cuerpo se eriza y despierta.

Jesucristo.

Mientras me besa el hueco del cuello y mi cabeza descansa sobre su hombro, murmura contra mi piel.

—Mmm… tan duro… —Su pulgar pasa rápido por la punta roma de mi erección, la humedece y luego empieza un masaje que me afloja las piernas. Con los labios apretados en una línea tensa, dejo escapar respiraciones cortas y ásperas por la nariz.

—¿Tienes idea de cuánto me vuelve loco tu olor a nieve y a hielo? —Su ronroneo se vuelve un gruñido caliente y húmedo contra mi piel—. Desde el primer instante en que me acerqué a ti. —Hunde los dientes en mi hombro y un gemido pequeño se me escapa de la garganta. El pinchazo de la mordida me recorre de arriba abajo y hace que mi polla se estremezca en sus manos expertas. Maldición, hay una línea peligrosamente delgada entre el dolor y el placer.

El estruendo de la sangre en mis oídos ahoga los violines durante largos segundos. El deseo crece con rapidez, y Sebastian lo nota, porque de pronto sus dedos se apartan y vuelven a recorrer mi cuerpo. Suben hasta que me agarra el mentón y me gira la cabeza con brusquedad, obligándome a mirarlo a los ojos.

—Por fin lo entendí, copito. Por qué, a pesar de todas las reglas que te impones, buscas tanto los retos. —Su mirada, fría y lasciva, se clava en la mía y siento como si me prendiera fuego el alma—. Es tu única vía de escape de la jaula en la que te encerraste. Tu única oportunidad de probar todas esas cosas que tanto te gustaría hacer… con otros hombres. Conmigo. —Pasa el pulgar por mi labio inferior, arrastrándolo con fuerza hacia un lado—. Pero no te permites nada de eso. —Alza mi rostro, me besa debajo del mentón y luego va mordisqueando un camino hasta la clavícula—. Un reto es tu excusa para romper las reglas. Para empujar más allá de tus límites… —Su voz es un ronroneo seductor—. ¿O no?

No lo sé.

Sus manos vuelven a deslizarse por mi torso, con los labios aún prendidos a mi piel. —¿Tengo razón, Raff?

Tal vez.

Pensar se vuelve casi imposible en este momento.

Al deslizar la rodilla entre mis piernas, me obliga a abrir más la postura. Luego empuja mis jeans hacia abajo junto con los boxers, liberando no solo mi erección dura, sino también mi trasero desnudo. —Dime si tengo razón, Raffael. —Ahora hay una orden impaciente en su gruñido mientras sus dedos se clavan con fuerza en mis nalgas.

Por el amor de Dios. —¡Sí! —La palabra se me arranca de la garganta, y no sé si es la verdad o si solo me estoy rindiendo a la pasión que enciende dentro de mí con cada caricia. Sea como sea, ojalá pudiera mantenerme entero y no hacerme pedazos en sus manos.

El aliento de su risa humedece mi piel. —Me gusta cuando avanzamos. —Detrás de mí, lo siento bajar de rodillas, besando un sendero por mi columna. Cuando aparta la mano de mi trasero, un ardor punzante lo sigue al morderme con fuerza. Mis músculos se tensan—. Dios, eres comestible, copito.

Dejo caer la cabeza hacia adelante, apoyando el peso del cuerpo en las manos contra la pared. Instantes después, sus labios se deslizan desde mi cadera hacia el frente. Con una pierna doblada y la otra estirada en el suelo, Sebastian se sienta frente a mí, encarando mi erección en la posición exacta para…

Mierda. Mierda. Mierda.

Su mirada atrapa la mía y entonces me agarra la polla y se la lleva a la boca. Su lengua gira alrededor de la punta, lamiendo y esparciendo la excitación. Jadeo; el shock me abre los ojos, el sudor me perla la frente y la nuca. El calor que me quema por dentro suplica desesperado por liberarse. Cuando Sebastian empieza a trabajar mi polla con los dedos además de con los labios, me doy cuenta de que podría explotar en su boca en cualquier segundo.

Sin apartar una mano de mi erección, Sebastian

desliza la otra en una caricia brusca desde el hueco detrás de mi rodilla derecha, subiendo por la parte posterior del muslo. Luego, sus dedos se clavan en la carne de mi trasero. Reprimo un aullido atrapando el labio inferior entre los dientes y mordiéndolo con fuerza.

Sebastian me succiona con un ritmo lento y tentador, acompasado con la música. Hace que mi polla palpite con un deseo casi doloroso, luchando por liberarse. Los dedos de los pies se me encogen dentro de los zapatos. Su otra mano se aparta de mi pene y recorre con una caricia ligera mis testículos; después rodea mi cintura hasta la espalda. Ahí, su palma plana sube por mi trasero una sola vez. Al bajar, su dedo medio se hunde con calma entre mis nalgas. Joder. Me está manoseando el ano.

El sudor corre desde la línea del cabello por la frente hasta los ojos. Parpadeo, y la gota que cae se pierde, empapando la camisa oscura de Sebastian.

Sé por qué hace esto. La mirada suave que mantiene fija en la mía lo dice todo: quiere acostumbrarme a la idea de que algún día no sea solo su dedo el que esté en mi trasero, sino su polla. Quiero cerrar los ojos, bloquearlo todo. Pero no me deja. Su mirada me sujeta con tanta firmeza que romper la conexión es imposible.

Jadeo con los labios entreabiertos.

Solo unos segundos más. Un latido… y voy a explotar en su boca. Y la tortura se habrá terminado.

O… tal vez no.

Parpadea despacio y se aparta de mi erección. Su respiración es profunda y controlada, los ojos clavados en mi rostro. ¿Qué demonios? ¿Ahora se detiene?

Se lame los labios y se recuesta contra la pared. Me está matando con su silencio. No sé si tengo permiso para apartar las manos de la pared o no. Y si lo hiciera, ¿qué haría con ellas? ¿Terminar yo mismo? Joder, quiero correrme. Mucho. El cosquilleo de la lujuria contenida, justo en el centro de mi cuerpo, grita por estallar. Arrugo el rostro, cierro los ojos con fuerza por primera vez en minutos y dejo escapar un gemido grave.

—Muévete.

La orden feroz me hace abrir los ojos de golpe. Más sudor me cae por la frente. ¿Qué?

—Si quieres correrte… muévete. —Por la mínima elevación de sus cejas, entiendo perfectamente qué quiere que haga.

Pero no puedo.

No puedo.

No puedo.

—Te gusta follar con música —dice, y logra

sonar… suave. Casi gentil—. Entonces cierra los ojos y deja que la música se apodere de ti. —Deja una mano en la hendidura de mi trasero y con la otra vuelve a rodear mi polla con delicadeza. Su pulgar acaricia la cabeza palpitante y tira de mí, acercándome a sus labios sin llegar a tocarlos—. Mueve las caderas, Raffael.

No puedo.

Su pecho sube y baja con respiraciones tranquilas mientras espera. Me da tiempo, pero no me libera ni un segundo del agarre de su mirada.

No sé qué hacer. No sé qué quiero. Dentro de mí crece una necesidad que lo devora todo, todo lo que alguna vez conocí, todo lo que fui. Es como si esta noche fuera a abrirse paso a mordiscos hasta la superficie, y no hubiera nada que yo pudiera hacer para detenerla. Para impedir que ocurra lo que sea que Sebastian inició.

—Muévete… —articula por última vez, sin sonido.

Y lo hago.

El pecho se me contrae, robándome el aire, mientras llevo despacio las caderas hacia adelante. Sebastian guía mi polla de nuevo hasta su boca. Sus labios se cierran alrededor de la punta y empieza a succionar, dejándome marcar el ritmo esta vez. Doblo un poco los codos para acercarme más. Nos miramos a los ojos. Cada músculo de mi cuerpo se tensa. Y entonces las notas oscuras del violín me invaden la cabeza mientras me follo la boca de Sebastian.

En este momento, todo a mi alrededor se disuelve hasta desaparecer. La habitación, el departamento, el edificio, la ciudad entera con toda la gente dentro. El resto del mundo… nada importa ya, salvo esto. Solo estamos él y yo. Y la pasión que despertó dentro de mí con el primer beso que posó en mis labios no hace mucho.

Nada se ha sentido jamás tan prohibido y tan bueno al mismo tiempo.

Mi mundo se ha salido de eje.

Y no sé cómo podría volver a ordenarlo.

O si siquiera quiero hacerlo. Porque Sebastian es el reto más peligroso que he aceptado en mi vida. Me hace sentir vivo. Libre de todas las cadenas que normalmente me atan. Lleva todo al límite. Nunca supe cuánto ansiaba esto, a alguien como él, hasta este preciso instante.

Estoy exaltado. Y se siente como caer sin red de seguridad. Sin palabra de seguridad. Solo un salto desde el cielo hacia un mundo en el que nunca me atreví a entrar antes.

Pero con él ahí para atraparme, parece un salto que vale la pena dar.

Lenta y constantemente, continúo el balanceo suave de mis caderas. Sebastian me da un trato exquisito con sus dedos calientes y su lengua ardiente, y sé que no voy a durar mucho. La presión dentro de mí sube a la superficie, y un espasmo breve de mi polla anuncia el instante que por fin me empuja al borde.

Sebastian me observa con algo en la mirada que no sé nombrar y me traga por completo mientras me pierdo. Echo la cabeza hacia atrás y se me escapa un gemido gutural mientras las oleadas de alivio recorren mi cuerpo, una y otra vez, hasta que no queda ni una gota.

Tengo la garganta seca como hueso y los pulmones trabajan con dificultad para atraer aire. Apoyo las manos contra la pared, agradecido por el sostén ahora que estoy completamente desarmado. Cuando vuelvo a inclinar la cabeza hacia adelante, me encuentro de inmediato con la mirada serena, casi suave, de Sebastian. Hay una pequeña sonrisa en las comisuras de su boca.

Con el dobladillo de la camiseta se limpia los labios y el mentón, y también la mancha del cuello de su camisa abotonada, antes de ponerse de pie. Cuando se aparta, me dejo caer contra la pared y dejo escapar un suspiro largo. Luego me doy la vuelta, me subo los jeans por el trasero y cierro el cierre. Mi cuerpo está empapado de sudor y desprende un calor que me asusta un poco. Pero, por una vez, también me permito disfrutarlo.

Sebastian recoge uno de los látigos que quedaron esparcidos por el suelo de la habitación. Con una sonrisa ladeada, me clava la mirada por encima del hombro. —¿Quieres seguir jugando?

Sé que me está provocando. Joder, espero que me esté provocando. Pero, sin querer correr más riesgos ni ceder a su tendencia a tomar decisiones imprudentes por mí, me separo de la pared y camino a grandes zancadas hacia la puerta. —Voy a darme una ducha —gruño, con un filo que deja claro que por esta noche ya terminamos aquí.

No me importa lo que haga después. Que se vaya, que baje y se sirva algo de beber, que vea la tele hasta que yo termine… da igual. Conoce bien mi casa y no voy a echarlo. Al menos, todavía no. Pero de verdad necesito quitarme el sudor del cuerpo y, con suerte, aclarar la cabeza.

En mi dormitorio, agarro ropa limpia y luego voy al baño, donde la dejo sobre la encimera de mármol del lavamanos. Me desnudo por completo, dejo los jeans en el suelo y camino detrás de la pared alta de vidrio para abrir la llave del agua tibia.

Se siente bien dejar que el agua se lleve la tensión de

las últimas horas. Poco a poco, con la ayuda del calor y un poco de distancia de Sebastian, mis músculos se relajan y mis pulmones empiezan a aflojar, hasta que al menos respirar ya no duele. Me enjabono el cuerpo y luego me paso las manos por el rostro y el cabello, dejando escapar un gemido profundo, cargado de confusión.

A los siete años pensé que mi vida no podía complicarse más cuando me obligaron a dejar mi país y mudarme a un lugar donde la gente ni siquiera hablaba mi idioma. Poco sabía de lo que me esperaba a los veintitrés. Esto es mucho más difícil que aprender a hablar inglés sin acento.

Echo la cabeza hacia atrás, enfrentando el chorro de agua que cae, y suspiro. Hasta que un clic me hace girarme.

La desventaja de vivir solo es que dejas de cerrar la puerta del baño con llave. Y hasta con un extraño en tu departamento, se te olvida.

Sebastian entra como si lleváramos años compartiendo baño, como si fuera lo más natural del mundo. Me quedo congelado bajo el chorro; el corazón se me sube a la garganta y jadeo con la boca abierta. El agua aplasta mis mechones empapados y me caen sobre los ojos. Despacio, levanto la mano y los echo hacia atrás, mirando a Sebastian sin fondo, al otro lado del vidrio, mientras su mirada me recorre de arriba abajo. Casi puedo sentirla. Tras una leve sonrisa apreciativa, se dirige al lavamanos, se quita la camisa y la camiseta y enjuaga ambas para borrar los restos de lo que pasó antes.

Los músculos de su espalda y de sus hombros se tensan y ondulan mientras trabaja la tela. Los tatuajes maoríes negros parecen moverse sobre su piel con cada gesto.

Durante un buen rato me quedo rígido, observando con un horror fascinante cómo Sebastian vuelve a irrumpir en mi mundo con una facilidad absoluta. Su presencia en el cuarto se me mete bajo la piel y me adormece no solo la lengua, sino también la mente.

Cuando termina de lavar las camisetas manchadas y las escurre en el lavabo, anhelo el momento en que se vaya para poder volver a respirar con normalidad. Excepto que no lo hace. Tiende las camisetas mojadas sobre el borde del lavamanos y luego se abre la braqueta del pantalón. Después de quitarse los calcetines y tirarlos al suelo, se baja los jeans junto con los boxers y los deja caer en un montón con los calcetines.

¿En serio?

Cuando se une a mí dentro de la ducha y simplemente se coloca bajo el agua que cae, el impacto me aprieta el cuello y retrocedo hasta que las baldosas frías de piedra detrás de mí detienen mi huida. Mientras lo miro, atónito, él no me dedica ni una sola mirada. ¿Qué carajos?

Su cuerpo empieza a brillar bajo las luces del techo. Trago saliva y dejo que mis ojos desciendan para abarcarlo. Ya lo había visto desnudo cuando se folló a Tanya, pero esta noche se siente como un espectáculo privado solo para mí. Pecho firme, abdomen duro y un trasero precioso. No hay nadie más aquí para compartirlo, aunque lo único que yo pueda hacer sea mirar.

Con los ojos cerrados, Sebastian se pasa las manos por el cabello mojado y se lo echa hacia atrás. Luego inclina un poco la cabeza en mi dirección. Me mira de nuevo y esboza una sonrisa pequeña.

Ahora mismo no puedo sonreír. Necesito toda mi concentración para seguir respirando y no morirme. Porque está demasiado cerca. Y demasiado desnudo.

Mientras yo parezco atrapado en un estupor bochornoso interminable, él toma mi gel de ducha multiuso y se lava el cabello y el cuerpo en menos de dos minutos. Luego cierra el agua. Varado como un delfín en la orilla, sigo con las manos sobre el estómago y el pecho, exactamente donde quedaron cuando entró a la ducha.

Solo hay una toalla blanca y limpia en el estante junto a la ducha. Sebastian la agarra y se seca; luego me lanza la toalla usada a la cara y me saca del trance cuando la atrapo en el último segundo antes de que caiga al piso mojado. De mala gana, presiono la felpa húmeda contra mi cuerpo y empiezo a secarme, pero mi mirada cautelosa no se despega de él ni un instante. Dios mío, incluso medio erecto es todo un espectáculo. Uno que de verdad desearía poder ignorar porque...

Ah, a la mierda, ¿a quién quiero engañar? Nunca me he sentido atraído por nadie como por Sebastian. Desnudo. Vestido. En el trabajo. Jugando videojuegos. Da lo mismo. Incluso cuando solo da un maldito sorbo a una Sprite, me cuesta apartar la mirada de él.

La revelación escuece casi tanto como admitir que quiero volver a tocarlo. Secar las gotas de agua entre sus omóplatos que se le escaparon al secarse. Ver cómo se deslizan en un rastro provocador por el valle de sus músculos mientras se pone los boxers y los jeans. No puedo dejar de mirar.

—¿Puedo pedirte prestada una sudadera?

—¿Eh? —Sobresaltado, arranco la mirada de mi embobamiento y vuelvo a sus ojos, que ahora me observan con una esperanza cautelosa.

—Para irme a casa. No quiero ponerme una

camiseta mojada —explica.

Con la cabeza todavía girando por todo lo que pasó esta noche absurda y por lo extraña que ha sido la semana en general, asiento.

Me observa un segundo más antes de soltar una risa. —Bueno, olvídalo. Voy a buscar una yo mismo. —En un abrir y cerrar de ojos sale del baño. El clic de la puerta de la izquierda al abrirse llega hasta aquí y me quedo solo. Aprovecho para terminar de secarme el cuerpo y el cabello, y luego me pongo los jeans y la camiseta blanca de hockey que traje conmigo. Cuando salgo al pasillo instantes después, Sebastian sale de mi habitación, mirando sus dedos mientras se sube el cierre de una de mis sudaderas azul oscuro, cubriéndole el pecho desnudo. En la espalda tiene letras blancas: ¿Adelantarme? ¡La caza es lo mío! Y, al frente, sobre el corazón, la imagen de un auto de carreras con una expresión feroz.

Me quedo clavado en el lugar. Cuando levanta la vista, él también se detiene. Nos separa metro y medio. Nos miramos a los ojos y sus manos descienden despacio del cierre. Hay un instante de tensión que chisporrotea sobre mi piel como un millón de mariquitas arrastrándose por la carne.

Mi mirada cae en su boca. Antes, esta noche, dijo que yo decidiría cuándo estaría listo para un beso.

Trago saliva.

Todavía no estoy listo. No lo estoy. Pero, joder, no puedo apartar la vista de esos labios.

Con un leve ceño fruncido, Sebastian mete las manos en los bolsillos de los jeans e inclina un poco la cabeza. Es increíblemente bueno leyéndome. Incluso desde el primer día que nos conocimos. No me habría besado entonces si no lo fuera. ¿Sabe cuánto arde cada célula de mi cuerpo por volver a probar lo prohibido? El corazón me martilla las costillas y me doy cuenta de que no soy capaz de seguir el ritmo de mis propios pensamientos. Parpadeo, pero sigo sin poder moverme ni un centímetro.

Al instante siguiente, la expresión curiosa de Sebastian se suaviza en una sonrisa pequeña y tierna. Da dos pasos hacia mí, saca una mano del bolsillo, me agarra por el cuello y apoya los labios junto a mi oído, arrancándome un jadeo sorprendido. —No esta noche —raspa—. No cuando todavía estás tan asustado.

Tengo la garganta y la boca secas, el estómago revuelto y la piel me arde desde la nuca hacia abajo. No logro reaccionar de ninguna otra forma que no sea cerrar los ojos un segundo y dejar que sus palabras aviven mi deseo.

No… todavía no estoy listo.

Me suelta y desliza los dedos por el pasamanos

mientras baja por la escalera en espiral. A regañadientes, doy un paso hacia el borde del descanso, pero me detengo y me limito a verlo irse.

—Por cierto, Raff —me llama desde abajo, al bajar los últimos escalones. No se da la vuelta—. No hagas planes para el próximo fin de semana. Nos vamos de viaje. —Se detiene, por fin gira y me lanza una sonrisa ladeada por encima del hombro mientras cruza la sala hacia la puerta—. Y nos quedamos a dormir.

Inmóvil, me quedo en lo alto de la escalera, aferrado al pasamanos para no perder el equilibrio. Luego se va, y la puerta se cierra.

Alzo las cejas, completamente confundido, y suelto el aire que no me había dado cuenta de que estaba conteniendo.

CAPÍTULO 3

Raffael

Con la cabeza todavía dando vueltas por la montaña rusa de la noche anterior, me acuesto tarde y termino durmiendo hasta bien entrado el día. Un ruido raro, como si alguien estuviera arrastrando una mesa en algún punto fuera de mi habitación, acaba por sacarme de un sueño inquieto.

Me froto la frente y me obligo a salir de la cama. Me pongo unos jeans a toda prisa y sigo el sonido hasta dar con su origen. Viene de la sala de juegos, y la puerta está entreabierta. La empujo un poco más con dos dedos y me asomo con cautela.

La cama está hecha, el piso reluce y todos los cajones han vuelto a su lugar, los que no están rotos, claro. El pesado sillón tipo club también está otra vez apoyado contra la pared. Ese debió de ser el arrastre que me despertó.

Sin hacer ruido, me inclino alrededor de la puerta y la veo. Mi empleada doméstica. Su gruesa trenza de un gris acerado cae sobre la blusa blanca que se ajusta a su cuerpo robusto. Tararea mientras guarda el último puñado de esposas que recogió.

Mierda, ¿qué hora es?

Me paso una mano por el cabello y entro en la habitación. La culpa se me cuela en la voz cuando carraspeo y digo: —No tenías que ordenar aquí. Yo podía hacerlo…

Ella se da vuelta y me dedica una sonrisa que le llega hasta los ojos, de un cálido color carbón. —Buenos días, Raffael.

Siempre me ha gustado cómo pronuncia mi nombre con su acento español. Toma el polo blanco que dejé sobre una repisa y se acerca. Me apoya la mano en la mejilla a modo de saludo. —No pasa nada. Es mi trabajo. —Luego frunce un poco el ceño—. Pero voy a necesitar tu ayuda con las cortinas.

Con una mueca avergonzada, miro hacia la pared del fondo, donde la barra sigue colgando torcida y una de las cortinas descansa, cuidadosamente doblada, sobre el sillón.

Retira la mano cuando asiento, y me inclino para besar en la mejilla a la amable mujer del East End. —Hola, Rosa. —Desde que me mudé a este departamento y la convencí de dejar al inquilino anterior, se volvió una especie de abuela sustituta para mí, sobre todo desde que mis padres regresaron a Islandia. A veces pienso que es la única razón por la que este lugar lujoso se siente, aunque sea un poco, como un hogar. Ella y su tarta de cereza deliciosa, que suele traerme cuando prepara una para su familia.

Con mi camisa en la mano, pasa a mi lado y sale de la habitación. —¿Tanya está bien? —pregunta con preocupación, dejando la frase suspendida en el aire.

—Sí. Claro. ¿Por qué no lo estaría…? —me interrumpo y me muerdo el interior de la mejilla—. Ayer no estuvo aquí… cuando pasó esto.

Rosa conoce a mis dos mejores amigos y sabe del tipo de relación poco común que tengo con Tanya. Los quiere como me quiere a mí. Como si fuéramos familia. Por supuesto que se preocuparía por ella.

Rosa desaparece un momento en el baño, y su voz me llega desde allí. —¿Entonces quién estuvo aquí?

Ya de vuelta en el pasillo, un aroma especiado y cálido, que antes no había notado, me hace levantar la vista hacia las escaleras. —Nadie. Estuve solo. En ese momento.

—Ah, qué bueno. —Hay un alivio evidente en su voz. Cuando sale otra vez del baño con un par de prendas más en las manos, su mirada se detiene en la etiqueta de la camisa azul oscuro, todavía húmeda—. ¿Intentaste encogerlas con agua caliente?

—¿Eh? —La palabra se me escapa en un hilo de voz mientras una avalancha de imágenes me golpea. Un mordisco en el trasero. Labios recorriendo mi cuerpo. Una ducha.

—Esta no es tu talla —dice Rosa, trayéndome de vuelta al presente.

—Ah, sí —balbuceo—. Eh. No son mías.

Levanta la mirada hasta encontrar la mía. Trago saliva. Si hace más preguntas, no sé qué voy a decir. Pero no las hace. En su lugar, me regala esa sonrisa cálida y maternal de siempre y enrolla la ropa en un bulto apretado, seguramente para llevarlo a la lavadora—. ¿Tienes hambre, cariño? Hice lasaña.

Adoro a Rosa… por muchas razones. Una de ellas es su comida casera. Otra, su aceptación sin juicios de mi forma de vivir. Me invade el impulso de abrazarla y darle las gracias, pero me contengo y la sigo escaleras abajo. Mientras ella lleva la ropa al cuarto de servicio, yo saco dos platos del armario y pongo la mesa para los dos. No cocina para mí cada vez que viene a limpiar, pero cuando lo hace, siempre es un placer sentarme a comer con ella.

*

Más tarde, esa misma tarde, ya otra vez a solas, me pongo a buscar mi celular. La última vez que lo tuve estaba en el bolsillo de mis jeans. Los que llevaba anoche al club y que después dejé tirados en el baño. Con suerte, Rosa no los metió a la lavadora… ¡con mi teléfono adentro! Por suerte, no lo hizo. Lo encuentro sobre la encimera de la cocina, junto con las pocas libras que llevaba en los bolsillos.

Vuelvo a guardarme el dinero, me dejo caer en el sofá, desbloqueo la pantalla del celular y reviso lo que parecen unas setecientas notificaciones. Evidentemente, Tanya entró en pánico anoche. También hay algunas llamadas perdidas de Felix, pero eso apenas representa como un cinco por ciento de todo lo demás. Llamo primero a Tanya.

Ni siquiera llega a sonar de mi lado cuando ella grita de inmediato al teléfono: —¿Raff?

—¿Tanya? —respondo con cautela. A juzgar por su tono, la histeria todavía no se le pasa.

—¿Estás bien? ¿Estás en casa? ¿Por qué demonios

40

apagaste el teléfono anoche? No, no expliques nada, ya sé por qué. Pero… ¡carajo, Raffael!

A pesar de lo revuelto que me siento emocionalmente después de anoche, su tormenta de palabras me saca una risa. Me ladeo hasta quedar boca arriba y apoyo los pies en el respaldo del sofá en forma de L. —Sí, estoy en casa. Y estoy bien. —El resto es algo de lo que prefiero no hablar—. ¿Qué pasó hoy a las once de la mañana? Tus mensajes se cortaron como si de pronto te hubieran arrancado el celular de las manos. ¿Al final te quedaste dormida?

—No. Llamé a Sebastian —murmura. Su tono es completamente serio.

Casi me atraganto con mi propia saliva. —Ah.

—Me mandó un mensaje cerca del amanecer diciendo que ibas a aparecer —dice Tanya con un resoplido—. ¿Tienes idea de lo que es pasarse toda la noche preocupada por un amigo? Tal vez un día te aplique el mismo tratamiento, solo para vengarme.

—Lo siento… —aprieto los ojos y me pellizco el puente de la nariz porque de verdad me siento fatal—. No estuvo bien dejarte plantada en la acera cuando salí disparado del club. Pero no estaba de ánimo para hablar. Ni para estar con nadie. Media hora después, cuando Sebastian entró a mi casa, quedó bastante claro lo poco que eso me había servido—. Las cosas están…

siendo demasiado ahora mismo.

Pasan dos segundos y luego el suspiro cansado de Tanya cruza la línea. Responde en voz baja: —Lo sé. —Sigue otra pausa, mucho más larga—. Entonces, ¿qué quieres hacer ahora?

Gimo. —Ojalá vinieras para que pueda sacarme a Sebastian de la cabeza follando.

—Sí, lo siento, cariño. Eso no va a pasar —se ríe. Claro que diría eso. Pero su risa me irrita.

—¿Por qué no?

—Primero, porque no quieres follarte conmigo. No soy quien necesitas, ni siquiera aunque estuviera usando la camiseta de Sebastian. Y segundo… él me pidió que no hiciera eso por un tiempo.

Frunzo el ceño, mirando el cielo azul a través de la ventana. —¿Usando su camiseta?

—Viniendo a tu sala de juegos, idiota. —Puedo oír cómo pone los ojos en blanco, pero su voz se suaviza casi de inmediato—. Sebastian dijo que tal vez me pedirías que intentara volver a poner tu mundo en orden. Él no cree que funcione. Y yo estoy bastante segura de que tiene razón.

—¡Y yo creo que ustedes dos deberían dejar de confabular!

—Raff…

Suspiro.

—Sabes —continúa—, no me gustó lo que hizo ayer en el club, pero estoy bastante segura de que le gustas. Mucho. Y tú y yo sabemos que a ti también te gusta él.

Muerdo mi labio inferior.

—¿Verdad? —pregunta.

Aprieto los dientes.

—¿Tengo razón, Raff?

Me quedo en silencio.

—Vamos, Raffael. ¡Claro que sí!

Al final, suelto un resoplido molesto. —Sí, me gusta —admito. Entonces se queda en silencio, pero casi puedo oír su estúpida sonrisa flotando en el aire. ¡Bruja! —¿También te dijo que quiere llevarme a algún lado este fin de semana? —murmuro—. Se supone que nos quedemos a pasar la noche.

—No. ¿A dónde van?

—No me lo dijo. Y no sé si quiero ir.

—Claro que sí. Las sorpresas son geniales.

—Las odio —y ella lo sabe—. Lidiar con él es jodidamente difícil, sobre todo cuando me obliga a ir en contra de cada pizca de orden que tengo en mi vida.

—No siempre puedes tener todo bajo control —me dice, pero no le creo—. A veces necesitas soltar y abrirte. Él te hace bien.

Hago puchero, frunzo el ceño y suelto otro

resoplido malhumorado. —Es muy bueno destruyendo mundos.

La risa de Tanya me retumba en el oído. —Cariño, ya va siendo hora de que aflojes ese nudo de control que tienes en la cabeza.

—No puedo.

—Sí puedes. —Del otro lado se oye el golpe seco de una puerta cerrándose, como si acabara de salir de su departamento—. No vayas a ningún lado. Voy para allá.

Dejo que una sonrisa pícara se me cuele en la voz. —¿A follar?

—No, idiota. —Y luego llega ese silencio inequívoco que indica que colgó.

Bajo la mano con el teléfono y le mando un mensaje a Felix para avisarle que Tanya viene en camino y preguntarle si quiere unirse a nosotros. Lamentablemente, está visitando a sus padres y no vuelve hasta la noche. Aun así, me dice que le pregunte a Tanya si quiere hacer algo más adelante en la semana. Tal vez ir al cine. Me gusta la idea, porque hay una nueva película slasher que tengo ganas de ver.

Cuando Tanya toca el timbre, me levanto del sofá y le abro. Me besa en la mejilla, y le rodeo un instante con un brazo antes de cerrar la puerta mientras se quita los zapatos. Como lleva jeans y una sudadera rojo oscuro de *The Umbrella Academy* en lugar de algún atuendo sexy, queda claro que hablaba en serio con eso de no follar por un tiempo. Una pequeña parte de mí se da cuenta de que, en realidad, eso me alegra.

Tanya trae una mochila, que deja caer sobre el sofá, y luego saca una gaseosa del refrigerador. La sigo en silencio hasta la isla de la cocina y me siento en uno de los tres taburetes. Con la barbilla apoyada en las manos, dejo escapar un suspiro largo mientras espero.

Cuando se da la vuelta, finge un puchero y copia mi postura del otro lado de la barra. —¿Por qué tan serio?

Pongo los ojos en blanco, pero me río. —No te pongas en modo Joker conmigo, Hello Kitty.

Tanya sonríe y da un sorbo a su gaseosa mientras vuelve a la sala. Giro la cabeza para mirarla. Cuando se sienta en el piso, cerca de la mesa ratona, y da unas palmadas para que me una a ella, me deslizo del taburete y voy. Sentado en el suelo a su lado, pregunto: —¿Hay alguna razón por la que no estemos sentados en el sofá?

—Sí.

—¿Y es?

Con una sonrisa traicionera, se encoge de hombros. —Hoy me dieron ganas de hacer algo diferente.

Inclino la cabeza y le lanzo una mirada irónica. —Nada de lo que estés intentando va a funcionar.

Descubrir que me gustan los chicos es un poco distinto a romper la regla de sentarse en muebles de verdad.

—¿Quééé? —Sus ojos se clavan en mí mientras da otro trago, casi empapándose porque lucha por contener otra sonrisa—. No estoy intentando nada.

—Claro. —El sarcasmo se me cuela en la voz.

—Hablo en serio. —Deja la lata a un lado y estira la mano hacia su mochila para sacar algo. Me preguntaba qué había traído. Es un libro para colorear. ¿Qué demonios? También saca una caja de crayones—. Solo estamos sentados aquí porque quiero hacer un poco de arte, y eso es difícil en el sofá con esta mesa tan baja.

Cruzo las piernas bajo la mesa y pregunto, incrédulo: —¿Quieres colorear este libro?

—Ajá. —Asiente y empieza a usar un crayón azul en el gorro de un enano que está en medio de un campo de girasoles. Durante los siguientes dos minutos no dice ni una palabra ni siquiera me mira. Está completamente absorta en lo que hace. Es como si yo ni siquiera existiera.

Gruñendo de irritación, tomo el crayón amarillo y empiezo a colorear una de las muchas flores. Pero el silencio se vuelve insoportable muy rápido, así que, después de terminar algunas más, murmuro: —Felix quiere ir al cine esta semana. ¿Te sumas?

—Claro. —Toma otro color para sombrear los pantalones del enano—. No puedo mañana ni el miércoles, pero el jueves estaría perfecto.

Asiento, y luego vuelve a caer el silencio. En serio, esto es como clases de dibujo en primaria. Muy poco ruido, demasiado tiempo a solas con mis pensamientos. Y como el arte es algo tan relajante, no pasa mucho antes de que Sebastian vuelva a ocupar todo el espacio en mi cabeza. Genial. Lo odio. Sobre todo porque empiezo a revivir el momento en el pasillo de arriba, cuando salimos de habitaciones distintas, pero esta vez con un final completamente nuevo. Me humedezco los labios. Sin querer. ¡Arrgh! Me dan ganas de estrellar la cabeza contra la mesa de centro. Tal vez así se me quiten las ganas de besar a Sebastian.

—¿Tanya? —rompo el silencio al cabo de un rato, sin levantar la vista. La mitad del campo de girasoles ya es amarillo, y el enano está completamente coloreado—. ¿Has oído hablar de ese Desfile del Orgullo Gay?

—Sí. Se hace en Londres todos los años. ¿Por qué?

Porque tengo miedo de que ese sea el lugar al que Sebastian piensa llevarme este fin de semana. Aunque, si así fuera, ¿habría dicho que nos quedaríamos a pasar la noche? Me guardo ese pensamiento y pregunto: —

¿Qué tipo de gente crees que va?

—Bueno… gente gay.

—Ja. Ja. —Pongo los ojos en blanco. Tanya se ríe entre dientes y luego toma un crayón morado y empieza a colorear uno de los muchos girasoles con él. Abro los ojos como platos y clavo la mirada en su atentado—. ¿Qué carajos estás haciendo?

—Estoy coloreando esta flor.

—¿Morada? —gruño.

—Sí. Es mi color favorito. ¿Y?

—Es un maldito girasol. No puedes pintarlo de morado.

—Claro que puedo. —Le oigo el tono travieso en la voz, y me ignora por completo. Y por si eso no fuera suficiente, se detiene cuando solo ha pintado la mitad y empieza a colorear otra flor al azar.

—¡Tanyaaa! —Le arrebato el crayón y termino el primero. Ella me lo quita de vuelta y empieza un maldito tercero. Antes de que pueda hacer todos los pétalos, le aparto la mano y coloreo el resto de amarillo a toda velocidad.

Echa la cabeza hacia atrás y se ríe. —Raff, cariño, tienes que relajarte. —Luego toma un crayón turquesa y colorea el sol con él. Jesús, la odio.

Vuelvo a concentrarme en el campo de flores y le lanzo miradas de reojo al sol cada pocos segundos, apretando los dientes. Sé que sabe que la estoy observando. Y que la estoy mandando al infierno por esto. Lamentablemente, eso no la detiene. No. Ahora la vaca también se sale de las líneas, a propósito.

—¿Cuántos años tienes? ¿Tres? —exploto.

Uno no colorea fuera de los bordes.

—Tranquilo, arquitecto —se burla—. Nadie se ha muerto nunca por un poco de color fuera de las líneas.

—Quieres torturarme hoy, ¿verdad? Esa es la única razón por la que viniste.

Niega con la cabeza y sonríe. —Sí. —Luego me toma la mano y, moviéndome los dedos, me hace colorear una de las nubes de amarillo. ¿Ya mencioné que la odio?

—Tienes que aprender que está bien romper las reglas de vez en cuando, Raff. El mundo va a seguir girando.

Sí, eso cree ella. Pero no es ella la que está enfrentando un giro de ciento ochenta grados en su vida. —Dios, no tienes idea de lo que estás diciendo… —Se me escapa un suspiro largo y agotado—. Mierda, ni siquiera sé cómo comportarme cuando estoy cerca de él. Sebastian es tan… me pone nervioso cada vez que está cerca.

—Porque piensas demasiado cada segundo que pasas con él. —Sus dedos están cálidos sobre los míos.

Suaves. Y aun así implacables en su misión de arruinar el dibujo y usar colores que jamás deberían usarse—. Tal vez intenta verlo como a alguien como Felix, por una vez. No te sentirías tan intimidado a su lado, ¿o sí?

¿¿Alrededor de Felix?? No, no me sentiría así. Porque no me atrae mi mejor amigo. Mi voz se vuelve diminuta. —Pero no quiero ser un… —busco su mirada, temiendo que la voz se me quiebre con la siguiente palabra—. Un homo. Uf. Suena horrible.

—Entonces no lo llames así. Di simplemente "gay". —Aprieta un poco más mi mano, con el crayón todavía atrapado entre nuestros dedos—. Mucha gente lo hace. Y, de hecho, hay un montón de chicas a las que les parece absolutamente sexy que los hombres sean bisexuales.

¿Ah, sí? Frunzo el ceño, curioso. —¿A ti?

Sin levantar la vista del libro, Tanya sigue coloreando y murmura: —Tal vez. —Se encoge de hombros, pero el leve rubor que le sube a las mejillas deja claro que habla en serio. ¿Quién lo habría dicho?

Rindiéndome por completo a luchar contra ella, apoyo el codo izquierdo en la mesa, sostengo la barbilla con la mano y la dejo destrozar el dibujo como se le antoje, abusando de mi mano y de todos los crayones. Para cuando terminamos con un cielo verde, un campo de girasoles mitad amarillo y mitad morado, un enano de piel roja y un árbol rosa, Tanya por fin me suelta. Apoyando los antebrazos en la mesa, se inclina para besarme la mejilla. —No seas de un solo color, Raffael. Sé el arcoíris —susurra.

Luego se pone de pie, agarra su mochila y va hacia la puerta, donde se calza los zapatos. Supongo que el libro para colorear, con todo su nuevo significado, es un regalo para mí. Con la puerta ya abierta y medio afuera, me sonríe por encima del hombro. —Invita a Sebastian a sumarse al cine el jueves.

No es una sugerencia. Es una maldita orden. Y después de casi toda una vida de amistad, sé que ella misma lo hará si yo no.

Cierro el libro para colorear, suelto un resoplido por la nariz mientras sonrío y luego me dejo caer en el sofá.

¿Girasoles morados? Chica loca.

Con las plantas de los pies apoyadas contra el borde de la mesa, vuelvo a abrir el chat con Felix y confirmo el jueves para el cine. Después cierro WhatsApp, a punto de apagar la pantalla, pero mi pulgar se queda suspendido. En el instante en que siquiera pienso en cómo invitar a Sebastian a que se nos una, una colonia de mariquitas invisibles me recorre la piel. Los malditos bichos están por todas partes. Odio la piel de gallina.

Inhalo profundo. Exhalo largo.

Con los labios apretados, regreso a WhatsApp y abro el tercer chat de la lista, desplazándome hasta el final. Las palabras de nuestra última conversación, de hace dos días, hacen que se me curven un poco las comisuras de los labios.

Yo
Buenas noches, Bash.

Sebastian
Buenas noches, Islandia.
P. D. Hoy tus dedos se sintieron increíbles sobre mi piel.

Se sintió increíble tocarlo. Anoche, en la sala de juegos, follarme su boca fue algo que jamás me había atrevido a imaginar. Pero recorrer con los dedos las líneas de los tatuajes en sus brazos y su pecho, en ese momento increíblemente tierno que compartimos, es lo que todavía me asalta cuando cierro los ojos.

Los cierro ahora, y casi puedo oler el aroma de Sebastian, sentirlo otra vez a mi lado en el sofá.

Con ganas de conservar esa sensación cálida que empieza a crecerme en el pecho, le escribo un mensaje.

Yo
¿Hablas en serio? Sobre irnos este fin de semana.

Durante varios minutos me quedo mirando las dos palomitas junto al texto, negándose a ponerse azules. Es desesperante. Aunque, pensándolo bien, es domingo. Tal vez esté trabajando en el gimnasio y no tenga el teléfono encima. Para distraerme, voy a la cocina y como un par de bocados de la lasaña que Rosa y yo dejamos del almuerzo, pero mi mirada sigue clavada en la pantalla del celular sobre la mesa de centro.

Una oleada de adrenalina me recorre las venas cuando por fin el suave zumbido de mi smartphone vibra contra el vidrio. La lucecita en la esquina superior izquierda parpadea en azul.

Despacio, saco el tenedor de la boca, pero me quedo plantado en el piso de la cocina durante varios segundos eternos. Luego cierro el recipiente de plástico, guardo la lasaña en el refrigerador y vuelvo a la sala. Con el celular entre las manos, me dejo caer en el sofá y sonrío al leer sus palabras.

Sebastian
Siempre hablo en serio cuando se trata de ti.

Yo
¿A dónde vamos?

Sebastian

Sorpresa. Pero te va a gustar.

Yo

¿Algún detalle más, quizá? ¿Cuándo salimos? ¿Necesito algo especial para ponerme, como un traje? ¿Equipo de seguridad? ¿Botas de senderismo?

Sebastian

No necesitas pijama.

Yo

Dios, eres jodidamente gracioso.

Sebastian

:-) Paso por ti el sábado a las diez de la mañana.

El sábado por la mañana queda lejísimos. Me muerdo el labio inferior. De pronto, tengo unas ganas tremendas de que venga con nosotros al cine el jueves. Ah, al diablo…

Yo

¿Tienes planes el jueves?

Sebastian

Gimnasio hasta el mediodía. Nada después. ¿Por qué? ¿Me estás invitando a una cita? :P

Pongo los ojos en blanco, pero sonrío, como un completo idiota.

Yo

Más o menos.

Sebastian

Continúa.

Yo

Felix quiere ir al cine. Tanya quiere que vengas.

Sebastian

¿Qué es lo que TÚ quieres?

Respiro hondo. «Sé el arcoíris», dijo Tanya.

Yo

Creo que estaría bien verte otra vez antes del fin de semana.

Sebastian

Claro que sí.

Yo

¡Pero no voy a compartir mis palomitas!

Sebastian

Mientras compartas tu bebida…

Yo

Puede que sí…

Sebastian

Entonces puedes decirle a Tanya que estaré encantado de ir.

Dejo el celular a un lado y me paso las manos por la cara, suspirando dentro del hueco que forman mis dedos sobre la boca y la nariz. Jesucristo.

CAPÍTULO 4

Sebastian

Huele a palomitas tibias y a nachos con queso, incluso tan temprano por la tarde, cuando el cine todavía está casi vacío. Raffael me escribió ayer para decirme que íbamos a la primera función del día porque a Tanya no le gusta ver películas slasher muy tarde. Las pesadillas eran la excusa oficial. Ajá, claro. Estoy bastante seguro de que la idea fue de Raff. A esta hora, las probabilidades de que estemos solos en la sala son altas, y nadie lo verá sentado a mi lado.

Su pánico es, en cierto modo, tierno.

Pero la mirada que me lanza ahora mismo desde el

otro extremo del pasillo es fuego nórdico.

Con las manos metidas en los bolsillos de sus pantalones negros de skater y las puntas de su cabello rubio rozándole la ceja izquierda, lleva los últimos dos minutos recargado en la pared, mirándome fijamente. Yo me apoyo en la pared de enfrente, con tres metros de alfombra rojo oscuro entre nosotros, y disfruto del espectáculo.

Cuando nos encontramos hace unos minutos, Felix juntó el dinero para las entradas, las compró todas juntas y luego se fue. Por supuesto, Raffael eligió el lugar más alejado posible de mí para esperar a que Felix y Tanya regresaran. Me hizo reír. Pero su mirada intensa me mantiene clavado en mi sitio. Ir despacio significa darle espacio para decidir cuándo está listo para acercarse. Me parece bien quedarnos así, mirándonos a los ojos por ahora.

Raffael vuelve a llevar la camiseta que usó la noche de las carreras, la blanca y negra dividida en vertical. Tiene un texto impreso al azar en rojo dentro de un recuadro en el lado izquierdo del pecho, y otro un poco más abajo, a la derecha. Me pregunto si esta noche me dará la oportunidad de acercarme lo suficiente como para leerlo. Sea como sea, declaro que esta camiseta es mi favorita. Tal vez por pura sentimentalidad. La llevaba puesta cuando nos besamos por primera vez.

Es curioso cómo puedes besarte con un centenar de personas distintas a lo largo de tu vida y no recordar cómo se sentía ninguno de esos besos. Pero cuando tocas los labios de esa persona especial, ese momento no se borra jamás.

Con los pulgares enganchados en las presillas de mis jeans, inclino una pierna y apoyo la suela del zapato contra la pared detrás de mí. Se me escapa una sonrisa ladeada antes de preguntar: —Entonces… ¿hay algún orden para sentarse hoy que te mantenga bien encerrado entre tus amigos? ¿O te atreves a sentarte a mi lado?

Espero que de inmediato empiece a mirar hacia todos lados, asegurándose de que nadie haya escuchado. Pero Raffael me sorprende. Su mirada no titubea ni un milímetro y se encoge de hombros con naturalidad. —¿Cómo se supone que voy a compartir mi bebida contigo si no me siento a tu lado? —dice. Y después aparece una sonrisita.

¡Joder! Estoy enamorado.

Raff toma una respiración algo profunda que le endereza la postura. Se separa de la pared y avanza despacio hacia mí, atrapándose el labio inferior entre los dientes, pero sosteniendo mi mirada con valentía. A un solo paso de distancia, por fin rompe el contacto visual, gira y se apoya de espaldas contra la pared, justo a mi lado. Aturdido, giro la cabeza lentamente.

—Estoy empezando a preocuparme —digo, medio en broma.

—No lo hagas. —Parpadea y luego baja la vista, fija en el patrón gris de la alfombra rojo oscuro—. Solo estoy tratando de ser… —Una respiración profunda interrumpe sus palabras y cierra los ojos—. Abierto. Tanya puede ser muy insistente. Ha estado en mi casa varias veces desde el domingo.

¿Ha estado? Mantengo los labios sellados y sigo apoyado contra la pared. Ante mi silencio, Raff se vuelve hacia mí.

—En la sala —me tranquiliza en voz baja, sin duda leyendo mis pensamientos. Justo cuando empujo fuera de mi cabeza las imágenes de ellos follando en la sala de juegos, continúa—. Me obligó a meterme en una olla de arcoíris. Varias veces. Hemos coloreado muchísimo esta semana.

Ah… sí. Eso no tiene ningún sentido para mí. Pero para él, claramente sí, y con eso me basta. Me gusta el cambio en él, por sutil que sea. —La valentía te queda bien —le digo con voz cálida. Luego me río—. Pero la excusa de las pesadillas de Tanya es puro cuento. Estás armando tu propio escenario para poner a prueba tus límites.

Raffael sonríe, concentrándose otra vez en el piso.
—Puede ser que sí.

Le doy un leve codazo en el brazo y le digo: —Está bien. —Sé lo difícil que le resulta ampliar el territorio en el que se siente cómodo dejándose ver con otro chico. Claro que me encantaron esas horas en su departamento cuando estábamos solos, y el tiempo con él en el sillón, la verdad, incluso más que en la sala de juegos. Pero también es lindo hacer cosas fuera de su casa. Juntos.

Que lo esté intentando significa muchísimo… para mí.

Momentos después, sus amigos regresan del mostrador y Felix sostiene un abanico de cuatro boletos. Yo agarro el de más a la izquierda y Raffael toma el siguiente. Todavía faltan unos minutos para que empiece la película y, cuando Tanya anuncia que va corriendo al baño antes de entrar, la acompaño hasta los sanitarios.

Los otros dos se alejan con paso tranquilo hacia el kiosco y oigo la burla nada sutil de Raffael a nuestras espaldas. —Chicas… siempre tienen que ir al baño juntas.

¿Perdón, qué? Se me escapa una risa mientras me doy vuelta antes de la esquina y levanto la mano para mandarlo a la mierda. Pero no lo hago, porque está ahí, con las manos en los bolsillos y la sonrisa pequeña y valiente más linda del mundo.

Solo me doy cuenta de que me detuve cuando Tanya engancha su brazo con el mío y me arrastra por el pasillo. —El baño es por ahí —se burla.

Poniendo los ojos en blanco conmigo mismo, suelto una risita y aprieto el brazo contra el costado para mantener su mano atrapada. —Oye, no sé qué clase de cosas hiciste con Raff esta semana, pero yo... —De algún modo me quedo sin saber cómo seguir, así que me encojo de hombros y frunzo el ceño, girando la cabeza hacia ella—. Gracias.

Sus ojos cálidos, grandes como los de un cervatillo, se alzan hasta mi rostro. —Raffael es un gran tipo. Alguien especial. Siempre quiero verlo feliz. —Frente a nosotros, el pasillo se divide. El baño de mujeres y el de hombres, a lados opuestos. Tanya se detiene y suelta mi brazo, pero mantiene la sonrisa—. Y creo que tú lo haces feliz.

No estoy del todo seguro de lograrlo, al menos no siempre, pero me encanta esa sonrisa despreocupada cuando se permite dejarla salir. Es una sensación electrizante ser quien la provoca.

Tanya desaparece en el baño de la derecha y yo entro por la puerta del muñequito. Cuando regreso, ella ya está con los otros, bromeando con Felix. Raffael tiene una bolsa de palomitas apoyada en el pliegue del brazo y una lata de Sprite en la mano. La mirada se le queda pegada al teléfono que sostiene con la otra mientras escribe algo, el pulgar golpeando la pantalla. Sé que dijo que no iba a compartir sus palomitas, pero no puedo resistirme a pasarle el brazo por el cuello un instante y robar un par de granos de la bolsa repleta. Aprieto un poco más el agarre mientras me los llevo a la boca.

Mierda. Gran error. Me aparto de él y escupo el bocado en el tacho de basura junto a la pared. —Uf, ¿te gustan las palomitas dulces?

Raffael guarda el teléfono y me dedica una sonrisa ladeada, casi altanera. —Eso te enseñará a no tocar mi comida.

Con una mueca, levanto las manos en señal de rendición. —Nunca más, lo juro.

Levanta un poco el borde de la camiseta y frota con cuidado la parte superior de la lata de Sprite. Sus pantalones negros le quedan bajos en las caderas y dejan ver una franja de sus bóxers Calvin Klein y un pedazo tentador de piel en su abdomen firme. Cuando la camiseta vuelve a caer, alzo la mirada al oír el gas al abrir la lata y luego me la ofrece. —¿Quieres borrar el sabor?

—Se me ocurre una mejor manera de cambiar el

sabor de mi boca —arrastro las palabras, clavando mis ojos en los suyos mientras acepto la bebida y doy un sorbo.

La mirada de Raffael baja hasta mi boca y se humedece los labios con la lengua. Probablemente sea un gesto inconsciente, pero… sí, eso es exactamente en lo que estaba pensando.

—Vamos, chicos —interrumpe Tanya nuestro momento, arrastrando a Felix entre nosotros—. Deberíamos ir a nuestros asientos. Yo también quiero ver los avances.

Entro a la sala del cine con la Sprite y la coloco en el portavasos entre el asiento de Raffael y el mío cuando nos acomodamos en la última fila. Parece que estamos casi solos, salvo por tres adolescentes que se apropiaron de unos lugares cinco filas más adelante y charlan animadamente entre ellos. Felix se deja caer en la butaca a la izquierda de Raffael y Tanya ocupa el asiento del extremo, junto a él.

Los avances ya están en marcha y, cinco minutos después, las luces se atenúan aún más cuando empieza la película. Me hundo en la butaca reclinable y fijo la atención en la pantalla. La melodía inquietante del inicio termina por callar a los chicos y una tensión familiar se adueña de la sala. Casi nunca voy al cine, pero cuando lo hago, casi siempre es para ver una película de terror.

A Raffael no parece interesarle en absoluto el comienzo. Durante el primer cuarto de hora está completamente concentrado en sus palomitas, llevándose puñados enteros a la boca. Lo observo de reojo y, de vez en cuando, giro la cabeza para mirarlo de frente. —¿Qué? —pregunta en voz baja, con la boca llena, alzando las cejas, claramente molesto por mi fascinación. Sonriendo, solo niego con la cabeza y vuelvo a mirar a la chica en la pantalla cuando se cruza con su acosador. Raffael se lo pierde por completo mientras vuelca la bolsa entera para tragarse hasta las últimas migas. A alguien le encantan las palomitas dulces.

Arruga la bolsa de papel y la mete en el portavasos, reemplazando la Sprite. Después de darle un trago largo, le quito la gaseosa de la mano y también bebo. Apenas me deja un sorbo, así que pongo la lata vacía en el portavasos del otro lado y luego apoyo la mano izquierda en el apoyabrazos entre nosotros. Es lo bastante ancho para tres brazos, pero Raffael retira el suyo de inmediato cuando nuestros codos se rozan por accidente. Probablemente fue un reflejo, pero me irrita un poco, y frunzo el ceño al mirar su muslo derecho, donde ahora clava los dedos en la tela del pantalón.

Dos pasos adelante, uno atrás.

No debería darle tanta importancia, porque está avanzando un montón. Pero tenerlo sentado a mi lado durante otra hora, tan cerca y sin contacto físico, me arruina un poco la diversión de la tarde.

Me pican los dedos por estirarme y entrelazar los suyos con los míos. Excepto que eso solo empeoraría las cosas. Para él y, a la larga, también para mí. Así que suelto un suspiro profundo y dejo la mano donde está.

—Lo siento… —Sus palabras suaves flotan hasta mí y giro la cabeza de golpe hacia él. Sus ojos tristes se clavan en los míos, como si me hubiera visto fulminar con la mirada su regazo. Algo incómodo se me atasca en la garganta porque ahora el que se siente mal soy yo. Le sostengo la mirada, parpadeando despacio, con los labios apretados. Lección aprendida. Hoy, nada de movimientos bruscos cerca de él.

Traga saliva, el cuello se le tensa, y luego vuelve la vista al frente para seguir la acción en la pantalla. Varios segundos después, hago lo mismo. Sin embargo, al poco rato algo cerca de mi brazo capta mi atención. Esta vez no muevo la cabeza; solo miro hacia abajo y sonrío apenas. Raffael volvió a apoyar el antebrazo en el apoyabrazos, casi rozando el mío.

Me quedo completamente quieto, atento solo a cómo sus dedos empiezan a marcar un ritmo nervioso sobre el tapizado. Avanzan hacia los míos. Me humedezco los labios y mi sonrisa se ensancha un poco más.

Ahora, ¿qué vas a hacer, Islandia?

El tiempo parece congelarse durante largos segundos. Si yo tomara su mano y entrelazara nuestros dedos, sé que me dejaría. Si alguien lo desafiara a hacerlo, también lo haría. Pero ir más allá de sus propias reglas solo por el deseo de tocarme es un reto completamente distinto para Raffael. Uno que, evidentemente, lo empuja hasta el límite.

Despacio, giro la mano para que la palma quede hacia arriba. No voy a quitarle la decisión, pero sí puedo ofrecerle una invitación sutil. Ni siquiera intenta disimular que está más concentrado en lo que pasa entre nosotros que en la película. Lo noto por el rabillo del ojo.

Su pierna derecha empieza a moverse con inquietud mientras sus dedos se acercan a los míos, milímetro a maldito milímetro. Se elevan del apoyabrazos en cámara lenta hasta quedar suspendidos a apenas un centímetro de mi palma. Joder, el corazón empieza a latirme con fuerza, acompasado al ritmo que marca su rodilla temblorosa.

Vamos, Raff, ya casi. Solo un poquito más.

Contengo la respiración. Su dedo medio es el primero en bajar y roza mi piel con el contacto más leve. Pero al instante siguiente retira el brazo de golpe y se cubre el rostro con ambas manos. El gemido que se filtra entre sus dedos es patético y, posiblemente, el sonido más dulce que he oído en toda la semana.

Riendo, le doy una palmada en el muslo, apenas un segundo, y luego me inclino hacia él. —Si supieras, copito… —murmuro con voz ronca, rozándole la oreja con los labios de forma deliberada.

Raffael baja las manos y suspira hondo. —Esto es… tan difícil —dice en voz baja. Se ve miserable, claramente incapaz de imponerse a sí mismo.

Pronto vamos a pasar dos días enteros juntos, incluso durmiendo en la misma habitación. Habrá tiempo de sobra para intentarlo otra vez.

Me recuesto en el asiento, entrelazando los dedos sobre el estómago mientras vuelvo a concentrarme en la pantalla. Sin embargo, varios momentos después separo un poco más las piernas y rozo con suavidad su rodilla derecha con la izquierda. Giro apenas la cabeza y encuentro su mirada, regalándole una sonrisa tranquila. Raffael me devuelve la sonrisa. Y listo. Eso es todo.

Nos quedamos así hasta el final de la película. Nada más de dedos tamborileando con nerviosismo, nada más de piernas inquietas. Cuando termina la función y llega el momento de irnos, casi lamento que las últimas horas hayan pasado tan rápido.

Por suerte, Felix propone que vayamos a tomar algo al pub de la esquina antes de volver a casa. Así que nos acomodamos alrededor de una mesa pequeña con tapa de mármol. Para cuando nos sentamos y pedimos, ya se armó una charla animada entre Felix y Tanya sobre la película. De vez en cuando meto algún comentario. Aun así, la mayor parte del tiempo estoy distraído observando a Raffael, que parece haberse replegado en un mundo silencioso propio. Cuando la mesera trae nuestras bebidas calientes y la gaseosa de limón de Felix, Islandia no nos presta atención a ninguno de los dos. En lugar de eso, le agradece con una sonrisa y acerca la taza, apoyada en su platillo, hacia él.

Mientras yo tomo mi espresso solo, Tanya vuelca medio sobrecito de azúcar en su té verde y le pasa el resto a Raffael sin pedir permiso ni interrumpir su despotrique sobre la película de asesinos. Aun sin escucharla, Raff echa ese medio sobrecito y uno propio en su capuchino. Su mirada pensativa recorre la mesa en busca de otro más. El pub, a todas luces, escatima con los insumos.

Frunce las cejas de una forma adorablemente decepcionada, arrancándome una sonrisa. Tomo el único sobre de azúcar de mi platillo y se lo deslizo despacio por la mesa con dos dedos.

La mano de Raffael se queda congelada a mitad del movimiento al ver acercarse el azúcar. A regañadientes, suelta la cucharita y se estira para aceptar el sobre, dedicándome una sonrisita mientras lo acerca del todo hacia él. Sacude el paquetito dos veces para juntar los cristales en una esquina y poder abrirlo, y luego vuelca todo el contenido en su capuchino, que ya está demasiado dulce. Vuelve a revolver con la cucharita plateada y su expresión se suaviza hasta volverse tranquila y satisfecha. Da un sorbo y luego se recuesta hacia atrás, aparentemente listo para volver a notar el resto del mundo.

—Ay, por Dios —suelta Tanya, exprimiendo un poco de jugo de una rodaja de limón en su té—. Pensé que me iba a hacer pis cuando fue a buscar a la nena a la casa, al principio.

Raff ladea la cabeza y frunce el ceño hacia sus dos mejores amigos. —¿Había una nena?

Ambos se quedan en silencio y lo miran como si acabara de anunciar que se va a mudar al Polo Norte. Yo estallo en carcajadas. —Dios, Islandia, me encanta la forma en que haces absolutamente todo con una devoción llevada al extremo.

Un rubor tenue le cruza los pómulos al recordar perfectamente qué fue lo que lo distrajo tanto como para perderse por completo el primer asesinato de la película.

Al final, Tanya niega con la cabeza y Felix se pasa una mano por el cabello rojizo antes de que ambos retomen la conversación. Analizan cada detalle de la trama y van y vienen sobre lo que habrían hecho distinto. Es divertido escucharlos, porque parecen tener opiniones opuestas sobre cada puto detalle. Aun así, hay una pasión entre ellos que casi se puede tocar al otro lado de la mesa. Me pregunto si soy el único que la nota.

Un rato después, cuando estamos parados afuera del pub despidiéndonos, abrazo a Tanya brevemente y luego estrecho la mano de Felix. Raffael es el último al que me vuelvo. De pronto, vuelve a instalarse ese silencio incómodo entre nosotros. Un abrazo sería demasiado, pero chocar los puños no se siente bien. Nuestra amistad está en algún punto intermedio que ahora mismo me cuesta definir. Así que, sin saber qué más hacer, meto las manos en los bolsillos del jean e inclino la cabeza con una sonrisa ladeada. —Nos vemos el sábado.

Raff asiente despacio, tenso, sin decir nada. Pero las comisuras de sus labios se mueven apenas en una sonrisa. Es todo lo que puedo pedir. Me voy feliz.

*

71

El sábado por la mañana meto un par de prendas en una bolsa de viaje y luego salgo a la caza de la sudadera azul oscuro que le pedí prestada a Raff el fin de semana pasado. Como solo la usé un par de horas esa noche, no vi la necesidad de lavarla antes de devolvérsela a su dueño. Pero la maldita cosa, al parecer, decidió jugar a las escondidas.

Después de varios minutos largos y algunas blasfemias nada santas, por fin la encuentro colgada sobre uno de los dos taburetes altos de la barra de la cocina, donde suelo comer en lugar de sentarme solo a la mesa. La agarro junto con las llaves del auto, apago todas las luces de mi departamento de setenta y cuatro metros cuadrados, cierro la puerta con llave y bajo el único tramo de escaleras para salir del edificio.

Mi auto duerme al final de la calle, pero después de tirar la bolsa de viaje en el baúl y la sudadera de Raff en el asiento del acompañante, despierta con un rugido acogedor. El tráfico del sábado por la mañana es un dolor en el culo, así que calculé un poco de tiempo extra para el viaje hasta Mayfair. Llego a la casa de Raffael a las diez y tres.

Estacionamiento subterráneo. Le mando un mensaje por WhatsApp y espero a que esté listo. Me responde con un emoji de pulgar arriba casi de inmediato. Que no me invite a subir probablemente significa que ya viene bajando. Bien. Me bajo del auto y lo espero, apoyado contra la puerta, con las manos metidas en los bolsillos de mis shorts holgados.

Dos minutos después, suena un único timbrazo del ascensor cuando la puerta se abre. Raffael sale, con una de sus camisetas blancas grandes de hockey sobre unos jeans azules. Lleva una mochila negra gastada colgada del hombro derecho. Mientras se acerca a mí, no se le mueve ni un músculo del rostro, pero sus ojos están clavados con intensidad en los míos. Se detiene a un par de metros.

Me incorporo, separándome del auto, y apoyo una mano en la manija de la puerta. —¿Listo?

El copito se baja las gafas de sol azul hielo desde la cabeza y se las coloca sobre los ojos. Lo hacen ver distante y, aun así, jodidamente atractivo.

—Vamos —dice, y entonces sus labios se estiran en una sonrisa amplia y cálida que me dan ganas de devorarlo.

CAPÍTULO 5

Raffael

Joder, esta mañana soy un manojo de nervios. Felix está sentado en un taburete de la cocina y se ríe de mí mientras yo estoy agachado en el piso, limpiando el desastre que armé cuando la taza de café se me resbaló de los dedos. Llegó como a las ocho y cuarto, justo después de despertarme con un mensaje diciendo que quería hablar conmigo antes de que me fuera a pasar el fin de semana con Sebastian.

Solo espero que no sea una charla sobre sexo seguro con otro hombre, o puede que tenga que matarlo y enterrar su cuerpo en el bosque.

—Nunca te había visto tan alterado —dice, frotándose la barbilla, con un brillo divertido en los ojos—. Si no supiera más, diría que estás perdidamente enamorado del tipo.

Le clavo una mirada fulminante por encima del hombro, pero no lo contradigo.

La intriga le suaviza la expresión. —Así que sí lo estás…

Se me escapa un suspiro profundo mientras me incorporo y tiro los restos de la taza a la basura. Luego me vuelvo hacia él y confieso: Hay algo en Sebastian que me pone realmente inquieto. Emocionado. Exaltado. Feliz. Melancólico. Todo al mismo tiempo. Si así es como se supone que uno debe sentirse cuando se está enamorando de alguien, entonces quizá lo esté.

—Oye, eso está bien. ¡Es genial! —Levanta su taza de café a rayas blancas y negras a modo de brindis—. Ya era hora de que encontraras a alguien que se te metiera bajo la piel.

El brillo sincero de sus ojos color avellana se mantiene, pero hay algo más debajo que no logro descifrar. Felix deja la taza sin beber y se baja el cuello de la sudadera verde para rascarse el cuello. Siempre hace eso cuando algo lo incomoda. Doy un paso atrás y me subo a la encimera de la cocina, ladeando la cabeza. Tengo la sensación de que aquí es donde empieza la conversación de verdad.

—Si me lo hubieras preguntado hace tres semanas, ni siquiera me habría atrevido a pensar que te interesaban los chicos. Y aun así, en cierto modo, me tranquiliza, para ser sincero.

Esa confesión me toma completamente por sorpresa.

—¿Por qué? —exijo saber.

Da un sorbo al café y luego se aclara la garganta, con la mirada fija en la superficie de la isla de la cocina—. Compartir a Tanya últimamente se ha vuelto agotador.

Arqueo las cejas, sorprendido, hasta que vuelve a mirarme. Con cautela.

—Me gusta —murmura—. Me gusta de verdad. Muchísimo.

A mí también. Pero esto suena como si uno de los dos estuviera realmente enamorado de ella. No vi venir esto para nada.

Aferrándome al borde de la encimera, entrecierro los ojos y miro a mi mejor amigo en el mundo—. ¿Por qué carajos no dijiste nada?

Se encoge de hombros, impotente. —¿Tanya sabe cómo te sientes?

Felix se humedece los labios y, tras un momento, niega con la cabeza—. Siempre pareció feliz con cómo estaban las cosas entre los tres. No quería apartarte de ella. Ni a ella de ti. No sé. —Su rostro se contrae en una mueca mientras fulmina su taza con la mirada—. No quería arruinar nuestra amistad especial complicando las cosas.

—¿Complicarlas? —Suelto una exhalación cínica—. Demonios, creo que podría contarte una o dos cosas sobre eso.

—Exacto. —Aprieta la taza con ambas manos, como si necesitara aferrarse a algo para seguir hablando—. Tú ahora tienes tu propia… historia de amor en marcha. Las cosas están cambiando solas, y Tanya por fin se dio cuenta de que no nos va a tener a los dos para siempre. No creo que hubiera sido capaz de elegir entre nosotros, porque siempre fuimos los tres.

Tiene razón. Hemos sido un trío durante mucho tiempo. Y probablemente lo habríamos seguido siendo los próximos cincuenta años si un externo no hubiera aparecido para provocar un cambio en nuestro extraño y maravilloso triángulo de amistad. La verdad es que le podría haber pasado a cualquiera de nosotros. Que me haya pasado a mí fue pura coincidencia.

Con las piernas colgando, me quedo mirando la punta de mis zapatos. —Entonces, ¿cuándo piensas hablarlo con ella?

—Pensé que quizá este fin de semana. Solo quería hablar contigo primero y ver si te parecía bien.

Algo incrédulo, levanto la cabeza de golpe. —¿Que le pidas que sea exclusiva contigo?

Felix asiente. —No estaba seguro de si ya estabas listo para dejarla ir.

Se me cae la mandíbula. —¡Si hubieras dicho una sola palabra, imbécil, habría dejado de acostarme con ella desde el primer día! Incluso antes de que Sebastian entrara en mi vida y lo pusiera todo patas arriba. Sabes que la quiero. Pero los dos sabemos que nunca estuve enamorado de ella. En cambio, Felix sí lo está, y eso es maravilloso. Son el encaje perfecto. Felix va a ser bueno con Tanya. Y aunque sé que ella siempre tuvo sentimientos románticos por mí, que nunca pude devolverle, siente exactamente lo mismo por Felix.

Me deslizo de la encimera y apoyo las manos en la isla de la cocina frente a él, clavándole una mirada firme. —Hazlo.

Por un instante, Felix me busca en los ojos. Luego una sonrisa decidida le curva los labios. —Lo haré. — Se baja del taburete y mira el reloj de la pared mientras se dirige a la puerta. Son las diez menos cuarto—. ¿Y tú?

Hablar de Tanya me ha calmado un poco en estos últimos minutos. Y aunque las mariposas han vuelto, erizándome la piel, asiento con firmeza mientras lo acompaño hasta la puerta. Tuve toda una semana para prepararme para este viaje. Después del tiempo con Sebastian en el cine el jueves, cada día estaba más emocionado por que este fin de semana por fin comenzara.

Nos despedimos chocando las manos, luego cierro la puerta tras él y vuelvo a la sala. Agarro mis lentes de sol de la mesa ratona y me los coloco sobre la cabeza para más tarde. Después me dejo caer sobre los cojines, junto a mi mochila negra con un par de mudas de ropa, un cepillo de dientes y el cable de carga del celular.

Minutos después, mi teléfono suena con las indicaciones de dónde Sebastian me está esperando. El estómago se me hace un nudo, pero el corazón me da un salto de anticipación.

Me cuelgo la mochila al hombro y tomo el ascensor privado directo al estacionamiento subterráneo. Dentro, me apoyo contra la pared del fondo y agarro con fuerza la barra de metal con ambas manos. Ver cómo los números de los pisos pasan uno a uno, contando hacia atrás desde el nueve, solo me pone más ansioso. Al final, bajo la mirada a mis zapatos y espero a que el ascensor se detenga.

Con un leve timbrazo, la puerta se abre. Respiro

hondo antes de levantar la cabeza y encontrarme con Sebastian apoyado contra su Honda blanco, con la mirada fija en mí. Verlo me provoca varias cosas a la vez. Me dan ganas de sonreír porque, joder, se ve espectacular con una sudadera negra y shorts de mezclilla beige. Tiene las piernas bien bronceadas, algo que mi piel pálida nunca logra, y lleva unos tenis rojo oscuro que llaman la atención. La gorra Nike la lleva al revés, como siempre, y sus ojos color castaño brillan con picardía.

Enderezo los hombros y camino hacia él, sintiendo cómo el pulso se me acelera con cada paso.

Sebastian se separa del auto. —¿Listo?

Me gusta el sonido tranquilo y seguro de su voz. Es contagioso.

Me bajo los lentes de sol sobre los ojos y dejo que tiñan el mundo con un matiz oscuro y misterioso. —Vamos —respondo, y por fin dejo escapar la sonrisa que se me viene formando desde el momento en que recibí su mensaje.

Mientras él se pone al volante, rodeo el frente del auto y abro la puerta del otro lado. Para mi sorpresa, mi sudadera azul oscuro está sobre el asiento del copiloto. La agarro y, después de subir, la meto en la mochila entre mis pies. La camisa y la camiseta que Sebastian lavó siguen sobre la cómoda de mi habitación. No pensé en devolvérselas en toda la semana, ni lo pienso ahora.

Me abrocho el cinturón mientras avanzamos entre el tráfico, de frente al sol. Todavía un poco nervioso, junto y separo las rodillas varias veces. —¿Ahora sí me puedes decir a dónde vamos?

Me mira de reojo, luego baja la vista a mis piernas y se ríe. —Tranquilo, manejo bien.

—Sí, eso no es lo que me pone nervioso —respondo. Se me cuela un dejo de cinismo en el tono. De alguna manera, todavía me ronda el pánico de que pueda llevarme al Desfile del Orgullo Gay. Suena divertido, pero una parte de mí simplemente no quiere ir ahí.

Mi inquietud debe de resultarle graciosa, porque Sebastian sonríe. Pero cuando cruzamos el Albert Bridge, se apiada de mí. —Vamos a salir de la ciudad. Hacia el sur.

Frunzo el ceño mirando las luces traseras frente a nosotros. ¿Qué hay en el sur de Inglaterra? Cuando lo stalkeé en internet la primera noche que nos conocimos, decía que había nacido allí y que también había ido a la universidad ahí. —¿Eastbourne? —pregunto. ¿De verdad me está llevando a su casa? El corazón me da un pequeño salto ante la idea. Por alguna razón, durante toda la semana tuve en la cabeza la imagen de un hotel lindo en las montañas.

Entrecierra los ojos y me lanza una mirada rápida de costado. —Si averiguaste dónde trabajo, supongo que no debería sorprenderme que también sepas de dónde vengo, ¿no?

—Facebook —explico—. ¿Por qué vamos a tu ciudad natal?

—Quiero que conozcas a alguien —dice, y de inmediato su expresión se suaviza.

Su tranquilidad no se me contagia. Me limpio las manos, de repente húmedas, en los jeans. Mierda, es demasiado pronto para que me presente a personas importantes de su vida. La voz se me vuelve áspera. —¿Tu familia?

—Una pequeña parte, sí. —Sonríe—. Pero no te preocupes, no vas a tener que responder preguntas incómodas. Uno de ellos me conoce mejor que nadie en el mundo y está acostumbrado a verme con chicos. Y el otro es completamente imparcial.

Sus descripciones suenan peligrosamente a gente a la que yo llamaría mamá y papá. O a Tanya y Felix… No sé si eso me tranquiliza. El impulso de taparme la cara con las manos y volver a esconderme se apodera de mí. Tengo que luchar contra él con todas mis fuerzas, pero hago lo posible por mantener la calma y hundirme más en el asiento, hasta donde me lo permite el cinturón, al menos. Esos arneses suelen ser bastante ajustados. Curiosamente, eso me da una pequeña sensación de seguridad, algo que necesito ahora mismo.

Las filas de casas de la ciudad pronto dejan paso a paisajes verdes a nuestro alrededor. Los espacios abiertos me permiten volver a respirar y despejar la mente. Inclino la cabeza hacia un lado y miro el cielo de un azul intenso por la ventanilla. Una pequeña sonrisa me tira de los labios. En el libro para colorear de Tanya, los cielos eran verdes, rosados, amarillos y rojos. Nunca azules.

—¿En qué piensas? —Sebastian irrumpe en mis pensamientos—. ¿Quién crees que gane la carrera?

—¿La que Elliot quiere organizar entre tú y yo? —No he pensado en eso en toda la semana.

Asiente brevemente.

—Bueno, si manejas como lo estás haciendo ahora… ganaré yo —lo provoco.

Aceptando la pulla con elegancia y soltando una risa, Sebastian pisa el acelerador y el auto se lanza por la carretera. La fuerza de la aceleración me hunde en el asiento, y me encanta. Así es exactamente como se debería manejar un auto.

Cierro los ojos y suelto un suspiro profundo. Es entonces cuando, por primera vez hoy, presto atención al aroma sutil dentro del coche. Piel calentada por el sol bajo una capa de gel de ducha almizclado. Tal vez así huelan los arcoíris.

Giro la cabeza y observo el perfil de Sebastian mientras conduce. Está concentrado en la carretera rural y vacía frente a nosotros, pero maneja con una soltura que me hace preguntarme si no estará perdido en sus propios pensamientos. Una de sus manos descansa sobre el volante y la otra envuelve la palanca de cambios. Incluso solo por la piel y el tono de los músculos que se ven, queda claro que tiene una complexión naturalmente fuerte. Algo a lo que yo solo llegaría si me pusiera a tragar esteroides anabólicos. No lo envidio. Pero sí disfruto la vista.

Se da cuenta de mi mirada. —¿Todo bien? — pregunta con voz suave.

No respondo de inmediato porque primero quiero analizar la sensación que se me va acomodando por dentro. El pánico agudo se ha ido. Pase lo que pase este fin de semana, creo que soy lo bastante fuerte para enfrentarlo. Sebastian no siempre usa los métodos más delicados para conseguir lo que quiere, y en algunos casos incluso me abrió los ojos con una brutalidad despiadada. Pero al final me puso en un camino que he llegado a disfrutar, porque es uno que recorremos juntos. Todavía no estoy listo para decirle al resto del mundo que estoy empezando a enamorarme de un chico, pero admitirlo ante mí mismo está bien.

—Sí —le digo por fin.

Las cejas de Sebastian se arquean con curiosidad cuando se vuelve hacia mí, y creo que es porque tardé demasiado en responder. Debe de ver algo en mis ojos, porque sonríe con un asomo de asombro antes de volver a mirar al frente.

Ahora que sé a dónde vamos, se me arman escenas en la cabeza de cómo será este fin de semana. Comidas alrededor de una mesa grande con una pareja que probablemente ronda los cincuenta y tantos. Señor y señora Rhyse impresos en el felpudo. Tal vez un perro ladrando desde adentro del… ¿qué? ¿Un departamento? ¿Una casa? Aunque tengo ganas de pasar tiempo con Sebastian, la idea de estar rodeado de otras personas me provoca una presión opresiva en el estómago. Si quiere que pasemos más tiempo juntos en el futuro, de verdad vamos a tener que hablar de preferencias para las vacaciones.

Una inseguridad áspera se me cuela en la voz. —¿Cómo me vas a presentar ante tu familia? —Si en algún momento de este fin de semana aparece la palabra novio, lo más probable es que tome el primer tren de regreso a casa y borre su número del teléfono.

—Raffael, el gay —dice con tono plano, y luego se

echa a reír cuando pongo los ojos en blanco y le doy un golpe en el brazo.

—No es gracioso —gruño.

Sebastian lucha contra la sonrisa y al final logra contenerla. —Perdón. —Suena tan suave ahora que de verdad le creo—. ¿Cómo te gustaría que te presente? —me pregunta.

No tengo idea de qué decir.

Si de verdad están acostumbrados a verlo con otros hombres, me pone nervioso que piensen desde el primer saludo que me gustan los chicos. Sin saber qué más hacer, me encojo de hombros.

—¿Estaría bien si les digo que eres… —me mira, con el rostro todavía cálido y comprensivo— un amigo?

—¿Uno con el que no te estás acostando?

Sus labios se curvan en una sonrisa ladeada. —¿Quieres que diga eso?

—¡No!

Vuelve a reírse y luego apoya la mano sobre mi muslo para tranquilizarme. La deja ahí mucho más tiempo del necesario, pero no me resulta incómodo en absoluto, así que lo permito. —No te preocupes, Islandia —dice mientras su pulgar va y viene—. Me voy a portar bien cuando te presente.

Es mucho más fácil dejar que los roces sucedan

cuando él los inicia. Cada vez que pienso en estirar la mano e intentar algo, el pulso se me dispara a la zona roja del peligro. Me siento como un puto cobarde. Cuando Sebastian retira la mano para volver a ponerla en la palanca de cambios, extraño casi de inmediato la sensación de sus dedos cálidos sobre mis jeans.

—Felix fue a mi departamento esta mañana —le cuento solo para mantener la conversación y porque me gusta escucharlo hablar—. Hablamos de él y de Tanya.

—¿Ya están en una relación?

Su pregunta es tan natural, tan directa, que lo miro con asombro. —No. Pero creo que pronto lo estarán. Felix quiere pedirle que sea exclusiva.

Asiente.

—¿No te sorprende?

—No. —Frunce el ceño al mirarme—. ¿A ti sí?

—Un poco. No lo vi venir.

—Apuesto a que Tanya tampoco.

—Pero tú sí… ¿no?

Se toma un momento antes de responder. —¿Conoces el principio de la rana en el agua hirviendo?

Mis cejas se juntan. —Sí. —Pones a una rana en agua hirviendo y salta de inmediato. La pones en agua fría y calientas la olla poco a poco, y la rana se queda hasta que se cocina.

—Supongo que con ustedes tres pasa algo así. —Una sonrisa tranquila le levanta las comisuras de la boca mientras inclina la cabeza hacia mí un instante y luego vuelve a concentrarse en la carretera—. A veces, para alguien de afuera es más fácil darse cuenta… de que el agua ya está caliente.

Durante varios segundos me quedo mirando su perfil y luego trago saliva. —Ya no estamos hablando de Tanya y Felix, ¿verdad?

Con la sonrisa todavía en su lugar, alza las cejas rápidamente y me lanza una mirada cargada de significado.

Sí. He sido la rana en el agua que se calienta lentamente toda mi vida.

CAPÍTULO 6

Raffael

Al cruzar los límites de Eastbourne, una inquietud leve se me instala en el estómago. Me quedo mirando por la ventanilla mientras los suburbios pintorescos desfilan ante mis ojos. Todo aquí es verde y bonito. Casas unifamiliares impecables, con jardines amplios y cuidados, se alinean a ambos lados de la calle, y los chicos pedalean despreocupados por la acera.

El centro de Eastbourne, más cerca de la costa, se siente un poco más concurrido, con edificios de departamentos más altos, pero lo atravesamos enseguida y doblamos a la derecha, de nuevo en dirección a las afueras. Bajo la ventanilla y una brisa marina tibia me hace cosquillas en la nariz. Arriba, las gaviotas giran en círculos sobre nuestras cabezas.

Sebastian reduce la velocidad en un barrio acogedor y estaciona frente a una casa blanca encantadora, con postigos color café con leche y una puerta de madera. Me quito los lentes de sol y los guardo en la mochila mientras él arroja su gorra al asiento trasero y se pasa una mano por el cabello. Baja del auto primero. Yo me tomo un segundo para recomponerme antes de seguirlo.

Estiro la espalda y los hombros, entumecidos por el viaje largo, y me doy la vuelta para absorber la belleza del lugar. El jardín delantero es enorme y se extiende alrededor de la casa hasta la parte de atrás. Desde aquí parece no haber ninguna cerca detrás. La pradera se pierde en lo salvaje y, a lo lejos, se distingue una pequeña arboleda prolijamente cuidada.

—¿Creciste aquí? —le pregunto a Sebastian.

Saca su bolso deportivo del baúl. —Sí. Viví en un departamento en el centro del pueblo un par de años después de cumplir veinte, pero volví hace tres años y me quedé hasta que me mudé a Londres el invierno pasado.

Recojo mi mochila del suelo, frente al asiento del copiloto, y me pregunto lo duro que habrá sido para él dejar un lugar tan bonito. Aunque, si lo pienso mejor, me alegra muchísimo que lo haya hecho. De otro modo, nunca nos habríamos conocido.

Sebastian se cuelga el bolso al hombro y yo hago lo mismo con la mochila, cerrando la puerta de un golpe.

—Vamos —dice con una sonrisa mientras cruza la reja baja de madera pintada de blanco. Lo sigo con una reticencia leve. Un sendero de piedra serpentea por el jardín delantero hasta la casa. Pasamos junto a un cedro enorme a la izquierda. Frente a cada ventana cuelgan macetas rebosantes de flores de todos los colores, un paraíso para las mariposas que reflejan la luz del sol como gotas de rocío matinal.

Vamos más o menos por la mitad del jardín cuando la puerta principal se abre. Trago saliva. Una mujer joven, de cabello negro hasta los hombros y un vestido veraniego azul oscuro, nos recibe desde el umbral. Reconozco su cara al instante. Es la mujer de la foto en el teléfono de Sebastian. Solo que en esa imagen sostenía a un niño pequeño.

—¡Hola, Bash! —exclama, abriendo los brazos.

Sebastian suelta el bolso. —¡Ven acá, tú! —La atrae hacia un abrazo apretado y la levanta de los dos escalones frente a la puerta. Cuando la vuelve a dejar en el suelo, su mirada radiante se posa en mí.

—Mi hermana, Claudia —dice al presentárnosla, y

luego se le dibuja una sonrisa amplia y traviesa antes de pasarme un brazo por los hombros y mirarla otra vez—. Raff, el gay.

Se me cae la mandíbula. Echo la cabeza hacia atrás, me froto la cara con las manos y gimo. ¡Jesucristo!

Riendo, Sebastian me suelta y entra a la casa cargando su bolso. Yo, mientras tanto, respiro hondo y me enfrento a nuestra anfitriona. Ella me tiende una mano delicada y me regala una sonrisa tan cálida y suave como la luz del sol sobre las alas de las mariposas. —Hola, Raffael. No le hagas caso a mi hermanito. Nació idiota y nadie tuvo el corazón de ahogarlo en el océano.

—¡Deja de quejarte! —se oye la voz divertida de Sebastian desde el interior de la casa—. Tuviste varias oportunidades cuando éramos chicos. Pero yo era el bebé más lindo y me querías demasiado como para deshacerte de mí.

Claudia se ríe por lo bajo, se encoge de hombros y arruga la nariz. —Es verdad —me dice en silencio mientras estrecho su mano—. Pasa. Tengo una bandeja con sándwiches en la cocina. No sabía qué te gusta, así que hice un poco de todo.

—Gracias —digo, siguiéndola al interior de la casa, inundada de sol—. Pero no hacía falta, de verdad. El pequeño espacio detrás de la puerta lo ocupan un perchero y una cómoda, sobre la que descansa un florero de cristal con un ramo de girasoles. Todos amarillos, por supuesto, lo que me saca una sonrisa porque me recuerda las incontables horas con Tanya y aquella discusión absurda sobre cielos verdes y girasoles morados.

Atravesamos un arco amplio en la pared y entramos a la sala, contigua a la cocina. Baldosas color marfil cubren todo el piso de la planta baja, y las paredes blancas hacen que el espacio se sienta todavía más grande. Hay fotos, cuadros y estantes por todas partes, y una brisa marina suave se cuela por las ventanas abiertas, trayendo consigo el aroma de las flores del jardín.

Dejo mi mochila en el suelo, junto al sofá azul grisáceo que parece ser el hogar de toda la pandilla de Winnie the Pooh y de otros peluches al azar, como un panda y una tortuga marina opalescente. Desde ahí sigo a Claudia hasta la cocina, donde Sebastian está recostado con la cadera contra la isla blanca. Ya se ha metido en la boca el primero de una pirámide de sándwiches cortados en triángulos.

—Ven, agarra uno —me ofrece Claudia otra vez—. Más tarde, esta noche, preparo la cena.

Estoy tan nervioso que comer es lo último que me apetece, pero tampoco quiero ser descortés. Tomo una mitad de sándwich de ensalada de jamón. Después del primer bocado, la dejo sobre la servilleta verde manzana que Claudia me pasa.

—¿Dónde está ella? —pregunta Sebastian con la boca llena, mirando hacia el segundo arco en la pared, que parece dar a un pasillo que conduce a la parte trasera de la casa.

—Siesta después del almuerzo. —Claudia se vuelve hacia mí—. ¿Te gustaría algo para tomar? Sebastian dijo que tú…

La frase se le corta cuando su hermano abre el refrigerador y lanza una lata de Sprite a través de la cocina, directo hacia mí. Por suerte, la atrapo con ambas manos. Él se sirve una Coca-Cola y le da un sorbo. —¿La acostaste a dormir a las… —mira su reloj— doce? ¿No le dijiste que yo venía?

Claudia le lanza una mirada de reproche y luego saca un vaso del armario. —Si se lo hubiera dicho, habría estado esperándote en la puerta desde las seis de la mañana. —Me dedica una sonrisa amable mientras deja el vaso junto a mi refresco—. No sé exactamente qué le habrá dicho Sebastian, pero está claro que piensa que no soy del tipo de persona que bebe directo de la lata. Para no ser maleducado, le sonrío agradecido. Golpeo la parte superior de la lata para calmar las burbujas del lanzamiento de Sebastian, y el refresco chisporrotea cuando la abro y vierto la mitad en el vaso.

Sebastian pone los ojos en blanco a espaldas de su hermana y da otro trago a su Coca-Cola.

—¿Cuánto le duran las siestas últimamente? —insiste, engullendo el resto de su sándwich de tocino.

Claudia se encoge de hombros, pero enseguida su mirada se queda fija en algo cerca de la entrada de la sala. El rostro se le ilumina de amor. —No tanto como de costumbre hoy, al parecer.

Sebastian y yo nos giramos al mismo tiempo y vemos a una nena parada bajo el arco. Lleva un mameluco blanco con estampado de conejitos y abraza un mapache de peluche contra el pecho con sus manitos diminutas. Detrás del enorme chupón que le cubre media cara, una sonrisa entrañable le infla las mejillas regordetas. Sus ojos azules brillan de pura felicidad.

—¡Hola, muñequita! —exclama Sebastian. Rodea la isla de la cocina, corre hacia ella y la alza en brazos. Ella deja caer el mapache para liberar las manos y le rodea el cuello, apretándolo con toda la fuerza que puede reunir una princesita—. Yo también te extrañé —le murmura al oído, acariciándole los mechones rubios y sedosos que se disparan en ángulos caóticos desde su cabeza.

—¿Es tu hija? —le pregunto a Claudia solo por hacer conversación, aunque no logro apartar la mirada de la escena tan dulce al otro lado de la habitación. Juntos se ven adorables.

—Sí. Se llama Michelle. Cumplió dos años hace un par de meses.

—¿Bash canta? —chilla Michelle detrás del chupón, aplastando las manitos contra las mejillas de Sebastian para obligarlo a mirarla de frente, con esa carita radiante.

—¿Qué, quieres cantar ahora? —responde él, y se acerca para sentar a la bebé sobre la isla de la cocina. Ella asiente con la cabeza, cargada de toda la esperanza del mundo. Sus ojos, como dos gemas brillantes, no lo pierden de vista ni un segundo mientras él saca el teléfono del bolsillo, claramente en busca de una canción.

Sebastian me lanza una mirada rápida y sonríe con suficiencia. —Esto te va a gustar. —Luego aprieta reproducir en el celular y sube el volumen—. Pow-wow —raspa junto con la música apenas empieza la canción. Se abalanza sobre la nena como un lobo. Ella suelta una risita, encoge los hombros y esconde la cabeza. A continuación suenan cinco notas inconfundibles de piano que delatan qué canción de Bon Jovi es, sin duda, especial para Sebastian y su sobrina. *It's My Life.*

Michelle tiene buen gusto.

Sebastian canta la primera línea y toma a la pequeña del mostrador para levantarla y sentarla sobre sus hombros. Sujetándole ambas manos con firmeza a los lados de la cara, baila con ella por toda la habitación, y la risa cristalina de la niña llena la casa.

Se deja caer de rodillas, haciendo que Michelle se incline hacia atrás. Por el rabillo del ojo veo a Claudia llevarse las manos a la boca, inquieta, pero está claro que Sebastian sabe perfectamente lo que hace. Tengo la sensación de que ya ha repetido esta escena muchísimas veces con Michelle.

Cuando vuelve a incorporarse, avanza hacia mí y me mira a los ojos sin dejar de cantar. Sus rasgos y los de la niña se endurecen siguiendo el ritmo de la letra. Con la manita de Michelle entre las suyas, bombea el aire dos veces, marcando el golpe seco del bombo.

Me estoy enamorando. De una niña pequeña y de su tío.

Se aleja girando y regresa al centro de la habitación, los dos cantando que es "ahora o nunca", aunque el canto de Michelle suena más bien como una ráfaga de vocales al azar.

Se divierten como locos, Sebastian girando sin parar. La cabeza de Michelle se va hacia atrás, el chupón deslizándose hasta la comisura de su boca porque se ríe con tantas ganas. En algún punto ya no consigue sostenerlo en ese carrusel salvaje y sale volando por la habitación. Cuando rueda hasta mis pies, lo recojo, lo enjuago bajo el grifo y lo dejo sobre la encimera, junto a mi sándwich a medio comer.

—¡Bash, no! —suplica Claudia, medio riendo, medio quejándose, mientras se cubre los ojos—. Recién se levantó de la siesta.

Eso no parece importarle ni al tío ni a la sobrina, porque Sebastian la baja de los hombros, cabeza primero, y luego la sostiene bien en alto, sobre su rostro, cantándole hacia arriba. Michelle se ríe a carcajadas e intenta cantar sin atragantarse de felicidad. Imposible.

No tengo hermanos, pero si alguna vez pudiera ser tío de alguien, querría que fuera de una criatura tan alegre como Michelle.

Incapaz de resistirme, saco el teléfono y tomo una foto para el recuerdo. Ni siquiera me doy cuenta de que he empezado a cantar con ellos hasta que Sebastian se acerca y canta directamente frente a mi cara. Con Michelle otra vez sobre los hombros y sujetándole con fuerza la pierna izquierda, me quita el teléfono de la mano, se coloca detrás de mí y se toma una selfie de los tres, a todo pulmón, con Bon Jovi de fondo.

Con una mirada rápida hacia Claudia, noto que en algún momento también sacó su celular y ahora lo apunta hacia nosotros. Se la ve radiante, mirando la pantalla, probablemente grabando nuestra actuación.

Cuando la canción termina y todos guardan los teléfonos, Sebastian desliza a Michelle desde sus hombros y la sienta otra vez sobre la encimera. —Quiero que conozcas a alguien —le dice, inclinándose mientras me señala con un dedo—. Él es Raff. Es mi amigo. Le gustaría saludarte.

Michelle aparta la mirada embobada de su tío y gira la cabeza hacia mí, fijándose en mí de verdad por primera vez. Entonces, poco a poco, los ojos se le agrandan y cierra la boca, perdiendo por completo la sonrisa. El corazón se me detiene un instante ante su expresión y trago saliva. Esta no era exactamente la reacción que esperaba. Los otros dos en la cocina tampoco.

Oye, munequita, ¿estás bien? —pregunta Sebastian, con las cejas oscuras fruncidas en una V de desconfianza.

La niña se suelta de él y lleva las manitas al pecho, entrelazando los dedos. Cada uno de sus movimientos es lento, como si su mente y su cuerpo estuvieran en lugares distintos.

—No te preocupes, solo es un poco tímida con los desconocidos —me dice Claudia, aunque por el tono no parece del todo convencida de que esa sea la razón de la reacción de la pequeña.

Michelle no parece tenerme miedo, en realidad. Demonios, no sabría decir qué expresión tiene exactamente, pero su mirada es tan intensa que me pone incómodo.

Una ofrenda de paz parece la forma más diplomática de salir de esta situación, así que tomo el chupón que lavé antes y se lo ofrezco. A cámara lenta, Michelle estira la mano y lo acepta; luego se lo lleva a la boca y se lo coloca. Sus ojos no se apartan de los míos.

—¿Michelle? —interrumpe Sebastian nuestro momento extraño—. ¿Le mostramos a Raffael el resto de la casa?

Agradezco que asienta y estire los bracitos hacia él para que la cargue. Apoya la mejilla contra su pecho cuando la alza, pero su mirada sigue clavada en mí de una forma inquietante.

Sosteniéndola con un brazo, Sebastian se inclina y recoge su bolso del suelo. —Trae tu mochila —me dice—. Nuestro cuarto está arriba.

Nuestro cuarto. En singular. Dijo que nuestro cuarto está arriba. ¿Quiere decir que es uno solo? Se me eriza la nuca. La casa se ve enorme; seguro tienen una habitación de invitados. O podría dormir en el sofá.

Como Claudia nos acompaña hacia la parte trasera de la planta baja después de que recojo mi mochila, me guardo el comentario y el malestar para mí por ahora.

Por el pasillo detrás de la cocina hay un baño con azulejos color durazno, el dormitorio principal y la habitación de Michelle.

El cuarto de la nena parece sacado de una película de Peter Pan, con un banco tapizado en rosa bajo tres ventanales preciosos, una camita acogedora con sábanas floreadas, un fuerte armado con bloques de juguete en una esquina y un zoológico de peluches en otra. Los estantes y cajoneras pintados de blanco contrastan con la alfombra rosa empolvada y albergan incontables libros ilustrados y juguetes. Pero lo que más destaca es el unicornio mecedor blanco en el centro de la habitación.

Claudia toma a Michelle de los brazos de Sebastian y la lleva hasta el cambiador al pie de la cama. —Ustedes sigan con el recorrido. Yo voy a vestir a la señorita mientras tanto —nos dice por encima del hombro.

Cuando recuesta a Michelle sobre la mesa y abre el cierre del mameluco por la espalda, la mirada de la pequeña sigue fija en mí. Es como si pensara que vengo de otro universo y que podría desaparecer si aparta la vista aunque sea un segundo. Le hago un saludo pequeño con la mano y casi me da pena dejarla atrás.

Sebastian me conduce después al piso de arriba y nos dirigimos a la habitación al final del pasillo corto. De camino, golpea rápido tres puertas y va anunciando. —Baño. Oficina. El antiguo cuarto de Claudia, que ahora es solo un depósito. —Luego abre la última puerta y me deja pasar primero—. Y este es mi lugar.

Con cierta reticencia, entro en la habitación, sorprendentemente juvenil. En el aire flota el aroma de sábanas limpias, mezclado con el olor de los árboles del jardín trasero. Cortinas azules se mecen con la brisa que entra por la ventana abierta sobre el escritorio gris claro apoyado contra la pared contigua. A la izquierda, una cama matrimonial ocupa el centro de la pared.

Miro el póster de Transformers en la puerta del armario y luego vuelvo la vista hacia Sebastian con una sonrisa. —¿Cuándo fue la última vez que te mudaste de aquí?

—Estaba demasiado ocupado acostándome con chicos como para invertir tiempo en remodelaciones o redecorar —responde, sacándome la lengua. El gesto infantil encaja a la perfección con el estilo del cuarto.

Riéndome, me dejo caer sobre la cama y sigo observando el lugar. La mochila se me resbala del hombro y cae al suelo. —Ahora me pregunto cómo será en realidad tu departamento en Londres.

—Pórtate bien y te lo muestro cuando volvamos mañana.

Mi mirada se cruza con la de Sebastian. ¿Una invitación a su casa? La idea me arranca una sonrisa.

—Vamos —dice, señalando la puerta con la cabeza—. Veamos si las chicas ya están listas.

Me levanto de la cama y salgo antes que él. Sebastian cierra la puerta detrás de nosotros.

—Tu sobrina es realmente adorable —digo, con una sonrisa instalada en los labios—. Si tú eras una muñequita igual de tierna, entiendo por qué nadie tuvo el corazón de ahogarte en el mar.

En venganza, Sebastian me pellizca el trasero. Fuerte. Suelto un gruñido bajo y juguetón por encima del hombro. Entonces se me entrecierran los ojos al instante y me quedo clavado en el lugar. Maldición. ¿De verdad acabo de gemir de placer porque me manoseó?

Al notar mi incomodidad inmediata, la sonrisa ladeada de Sebastian se transforma en un leve ceño fruncido.

Me toma del mentón y me obliga a mirarlo de frente. Está tan cerca que distingo las motas oscuras en sus iris castaños. —No le des tantas vueltas, Raff —dice con una voz suave, pero firme—. Estamos aquí porque nadie te conoce en este pueblo. Puedes, por una vez en tu vida, ser quien quieras ser sin miedo a lo que digan los vecinos. —Las líneas escépticas de su rostro se suavizan de nuevo mientras su mano se desliza hasta mi nuca—. Deja que Eastbourne sea tu País de las Maravillas.

Parpadeo un par de veces mientras sus palabras se acomodan despacio dentro de mí. Tiene razón. Lo que pase aquí no tiene por qué afectar mi vida en Londres. Podría… probar. Jugar. Explorar. Simplemente estar con Sebastian de una forma que se ha sentido bien desde el primer momento.

Desliza la punta de la nariz por mi pómulo y luego gime junto a mi oído. —Y me encanta, de verdad, cuando te sueltas.

La verdad es que a mí también me encanta.

Vuelvo a clavar la mirada en sus ojos y aspiro su aroma cálido. Luego asiento. Mi País de las Maravillas personal. Me gusta la idea.

Sebastian me regala una sonrisa que me aprieta el corazón, porque creo que está anticipando lo que vendrá este fin de semana. Siento otra vez esas mariquitas recorriéndome la piel y, esta vez, unas cuantas mariposas en el estómago se suman a la fiesta.

CAPÍTULO 7

Raffael

Sebastian baja las escaleras a zancadas y yo lo sigo de regreso al cuarto de Michelle. Mientras estábamos en su habitación, la pequeña adormilada se transformó en una preciosa princesita con un vestido rojo de verano. Está sentada con paciencia sobre el cambiador mientras su madre le peina el cabello fino, color rubio miel. Con las manos cruzadas frente al pecho, observa fijamente la puerta por donde entramos Sebastian y yo. Sus ojos color zafiro todavía conservan ese aire de otro mundo.

—Sinceramente, ¿qué le hiciste a mi hija, Raffael?

—dice Claudia entre risas al notar que volvimos—. Cepillarle el pelo suele ser la peor tortura del mundo para ella. Nunca logramos hacerlo sin una pataleta. Y mírala, sentada como una ratoncita, esperando tranquila a que terminemos.

Guarda el cepillo y toma una toallita húmeda de la mesa. Michelle cierra los ojos cuando Claudia se la pasa una vez por el rostro, desde la frente hasta la barbilla.

—Quiere estar linda para su príncipe —bromea Sebastian.

De verdad se me hace difícil apartar la mirada cuando la niña me atrapa con la suya.

—Y linda lo está —digo con una sonrisa mientras me acerco despacio.

—Voy a salir un momento al jardín —nos avisa Sebastian, y luego desaparece. Imagino que para fumarse un cigarrillo mientras la niña sigue adentro.

Claudia le coloca el pie izquierdo a Michelle dentro de una sandalita blanca impecable. Yo tomo la otra y le ajusto la hebilla alrededor del tobillo.

—¿Y su papá? —le pregunto a Claudia, con curiosidad, porque nadie dijo nada sobre cuándo volvería a casa.

Con el ceño fruncido, Claudia tira el enterito que Michelle llevaba antes al cesto de la ropa sucia.

—Su papá ahora se está acostando con una profesora de inglés en Francia —murmura lo bastante bajo como para que solo yo la escuche.

—Uf —hago una mueca.

—Se fue antes de que Michelle siquiera naciera. Estuvimos juntos solo dos años y, por suerte, no nos casamos —pone los ojos en blanco y suelta una risa amarga—. No ha visto a su hija ni una sola vez desde que nació.

Eso es un doble uf. ¿Cómo alguien podría no querer ver a esta pequeña joya? ¿O ser su papá? Como el tema claramente le pesa a Claudia, lo dejo ahí y paso los dedos con suavidad por el flequillo de Michelle. Luego estiro ambas manos con cuidado, listo para bajarla del cambiador, esperando con curiosidad su reacción.

Cada vez que Michelle parpadea, el sol se refleja en esas gemas azules y las hace brillar. Ni una sonrisa ni una risa, solo una mirada increíblemente intensa. Y entonces estira los brazos hacia mí, señal evidente de que ya tengo permiso para cargarla.

Con los brazos cruzados sobre el pecho, Claudia se queda cerca y niega con la cabeza entre risas. —La tienes completamente hechizada.

La sensación es mutua. Con cuidado, tomo a la niña en brazos. Cuando sus enormes ojos quedan a la altura de los míos, sonrío y digo: —Hola.

No sale ni una palabra de su boca. Solo mira, parpadea y respira.

—¿Quieres salir a buscar a tu tío al jardín?

Asiente con la cabeza, y es interesante ver que al menos reacciona a mis preguntas. Cuando la bajo al suelo, ella va delante, pero cada tres segundos gira la cabeza por encima del hombro para asegurarse de que sigo justo detrás.

Sebastian está recargado contra el enorme árbol del jardín delantero, dándole la última calada a su cigarrillo. En cuanto Michelle lo ve, baja los escalones de la entrada y corre hacia él. Sebastian expulsa la columna de humo por la comisura de la boca, se agacha y apaga el cigarrillo contra el pasto. Después de aplastarlo, lanza la colilla al otro lado de la calle para tener las manos libres para la niña. La sube otra vez sobre sus hombros, que evidentemente es su lugar favorito.

—Chicos, ¿puedo dejar a Michelle con ustedes un rato? —pregunta Claudia desde la puerta—. Tengo que lavar la ropa y después empezar a preparar todo para la cena.

—Claro. ¿Podemos llevarla al parque? —responde Sebastian—. Quiero mostrarle el pueblo a Raffael.

Con el visto bueno de Claudia, salimos por la pequeña reja blanca y caminamos sin prisa calle abajo.

Las casas del vecindario son encantadoras, cada una con su jardín delantero bien cuidado y pintadas de distintos colores: celeste, amarillo, durazno, violeta. Cuando llegamos al final de la calle me doy vuelta para mirarlas y es como si estuviéramos parados al final de un arcoíris.

Tres chicos juegan a las escondidas en uno de los jardines y, del otro lado de la calle, un hombre mayor, con barba blanca y sin camiseta, empieza a cortar el pasto.

Con el ruido, me doy vuelta para seguir caminando porque no quiero que Michelle se asuste. Pero ella apoya la mejilla en la parte superior de la cabeza de Sebastian, con los brazos rodeándole la frente, mirándome desde arriba, completamente feliz. No creo que la cortadora de césped le moleste en absoluto.

Sebastian le sostiene la pierna izquierda con una mano y con la otra señala calle abajo, del lado opuesto. —Tuve mi primera pelea callejera justo ahí —dice con orgullo—. Creo que tenía unos ocho años.

—Guau —me río—. Bastante temprano para empezar a pelear. Yo nunca me he peleado. ¿Por qué fue?

Baja el brazo mientras seguimos caminando despacio, y el dorso de su mano roza el mío. —En esa casa vivía una nena que no podía caminar sin ayuda.

Tenía algo mal en las piernas y tenía que usar unas férulas en las rodillas. Un par de chicos, quizá dos o tres años mayores que yo, siempre se burlaban de ella cuando pasaban después de la escuela.

Entrecierro los ojos por el sol. —¿Te enfrentaste a dos al mismo tiempo?

Mi mirada intrigada se va hacia sus ojos y, otra vez, siento el roce de su mano contra la mía. Esta vez la caricia es más lenta, como si no fuera del todo involuntaria. —Sí. A uno lo dejé inconsciente con una piedra en la frente. Después me lancé sobre el otro y nos peleamos en la vereda hasta que el señor Cooper, el papá de la nena, salió y nos separó a los tirones.

Sé que ahora camina a propósito un poco más cerca porque apenas hay poco más de un centímetro de distancia entre sus dedos y los míos. El corazón empieza a latirme más rápido ante la idea de que podría simplemente estirar la mano y tomar la suya. Quiero hacerlo. Cada maldita célula de mi cuerpo quiere hacerlo. Pero, por Dios, ¿cómo puedo?

—Aunque después mis padres me dieron la peor reprimenda de mi vida —continúa Sebastian con una sonrisa—, valió totalmente la pena. Desde ese día, ninguno de esos chicos volvió a molestarla. Y yo fui el héroe de la nena.

También se ha convertido en mi héroe. En tantos

sentidos. Me ha hecho ver cosas sobre mí mismo. Entenderlas. Odiarlas. Amarlas. No se rindió conmigo, ni siquiera cuando yo me rendí conmigo mismo. Y, de algún modo, tengo la sensación de que nunca lo hará.

Con el siguiente roce de piel contra piel, se me seca la garganta. Quiero gritarle por hacerme esto en lugar de simplemente tomarme la mano, cuando para él sería tan fácil. Pero sé por qué no lo hace. Sé por qué quiere que sea yo quien construya ese puente. Aun así, cada vez que creo que soy lo bastante valiente, algo parecido a una descarga eléctrica mantiene mi brazo rígido y mis dedos hormigueando, doloridos por un contacto que no me atrevo a arriesgar. Es desesperante.

El pecho se me agita de forma exagerada. Saltar desde un acantilado probablemente sería más fácil que esto.

—Estás pensando demasiado otra vez, Raff... —dice Sebastian con voz suave a mi lado.

Claro que nota mi pánico. Siempre lo hace.

Cierro los ojos con la esperanza de volver a encontrar mi centro. De calmar el corazón acelerado cuando Sebastian no me da ninguna razón para tener miedo. Ojalá pudiera ser tan valiente como él. Sé que es posible. Él me lo demuestra una y otra vez.

Y entonces dejo de preocuparme por todas y cada una de las convenciones de mi vida, al menos por una vez, y muevo el meñique. Al fin y al cabo, este es mi País de las Maravillas. ¿No? Aquí, donde los milagros pueden ocurrir.

Con cautela, rozo el meñique de Sebastian y, por el rabillo del ojo, veo cómo una pequeña sonrisa le curva los labios. Contengo el aliento mientras el tiempo se congela al final del arcoíris. Se siente como una caída libre, no desde un acantilado, sino desde el mismo cielo. Da muchísimo miedo y, aun así, es electrizante. Pero sé que Sebastian no va a dejar que me estrelle contra el suelo. Enlaza su dedo con el mío y empuja mi corazón hasta la cima de esta montaña rusa.

Esto es.

Así es como quiero caminar con él.

Esto es quien quiero ser.

Con cuidado, estiro también el dedo índice, encuentro el suyo y los engancho de la misma manera, con las manos apoyadas una contra la otra. Se siente como si me estuviera llevando a casa con solo sostenerme. No quiero irme nunca más del País de las Maravillas.

—¿Qué pasó con la chica? —rompo el silencio después de un rato, con la voz ronca por las sensaciones que me recorren en oleadas.

—Su familia se mudó un par de años después. Nunca la volví a ver.

—Eso es muy triste.

—Nah, está bien. La pareja que se mudó a la casa después tuvo un hijo. Peter. Fue mi primer novio.

Pongo los ojos en blanco y echo la cabeza hacia atrás mientras me río.

—Claro. ¿Qué otra cosa podía ser?

Sebastian sonríe y se encoge de hombros, haciendo que la pierna de Michelle se mueva un poco.

Cruzamos la calle y tomamos el camino hacia la playa que, según un cartel, está a solo quinientos metros.

—Sabes —le digo cuando volvemos a la vereda—, la verdad es que esperaba conocer a tu mamá y a tu papá aquí.

Permanece en silencio un momento y luego me mira.

—Mis papás fallecieron.

Oh. Vaya. No sé qué decir.

—Está bien, no te sientas mal —me dice, lanzándome esa mirada suave e insistente que siempre aparece cuando me lee—. Murieron hace muchos años.

Un hombre con traje gris baja por la calle paseando a su golden retriever con correa. Quiero soltar la mano de Sebastian para hacernos a un lado y dejar que pasen entre nosotros, pero Sebastian no deja que mis dedos se escapen. Los engancha con más fuerza y me tira hacia él, como para asegurarse de que sé dónde pertenezco. Me gusta.

El perro y su dueño pasan por el borde de la vereda y ninguno de los dos nos mira dos veces.

—Yo tenía trece años entonces. Claudia tenía veintiuno —continúa Sebastian, como si el perro y su amo no lo hubieran interrumpido.

—¿Ella cuidó de ti después de que murieron?

—Sí. En cierto modo me crió como si fuera su propio hijo. —Empieza a sonreír—. Así que cualquier cagada que haya salido de mí, puedes culparla a ella.

Le lanzo una mirada de reproche y él se ríe.

—No, la verdad es que hizo un gran trabajo. Es una muy buena hermana mayor. Y una mamá todavía mejor.

Con esa señal, suelta mi mano y baja a Michelle de sus hombros. Hemos llegado a un parque infantil precioso, con el mar infinito como telón de fondo. Sebastian deja a Michelle de pie cerca de la entrada del parque y señala el tobogán para bebés.

—Oye, mira eso. Roger también está aquí. ¿Quieres ir a jugar con él?

Al parecer, se supone que Michelle conoce al pequeño de pantalones azules con tirantes y el pelo tan claro que casi parece calvo. Sebastian se endereza y luego saluda con la mano a una mujer embarazada que está sentada en un banco al otro lado del parque.

—Hola, Laura —le grita—. ¿Ya sabes qué va a ser?

La mujer levanta la vista de su libro y se aparta el flequillo castaño de la frente de un soplido, saludando a Sebastian con una sonrisa. Su rostro se arruga.

—¡Gemelos! No me importa si son niños o niñas. ¡Dicen que van a ser malditos gemelos! Estoy condenada.

Sebastian frunce la cara con simpatía, pero se ríe. Mientras tanto, yo me dirijo al banco vacío cerca del columpio y me siento, contemplando el océano. La última vez que vi el mar fue hace dos años, en Tenerife, de vacaciones con Tanya y Felix. Me encanta el sonido rítmico de las olas al romper contra la orilla.

Otro sonido, el de una niña pequeña gruñendo mientras se esfuerza por trepar al banco a mi lado, me arranca la atención del horizonte. Sobresaltado, veo a Michelle sentarse junto a mí, juntar las manos frente al estómago y quedarse mirando el océano en silencio, igual que yo antes.

Sebastian está a unos pasos, con los brazos cruzados sobre el pecho.

—¿En serio? —murmura, con la mirada desconcertada fija en nosotros dos—. Estoy empezando a ponerme un poco celoso.

—No seas así —me río y paso un brazo alrededor de la niña—. Solo soy el nuevo en el pueblo. Siempre llaman la atención. Además, ella solo tiene ojos para ti.

Con un brillo descarado en la mirada, Sebastian se acerca, se inclina y apoya la mano en el respaldo del banco detrás de mí, acorralándome. Con el rostro muy cerca del mío, arrastra las palabras: —¿Y si no me refería a ella?

Un escalofrío frío y caliente me recorre el cuerpo. Ojalá pudiera agarrarlo por el cuello y traerlo hacia mí para besarlo. Para demostrarle quién tiene toda mi atención últimamente. En lugar de eso, me muerdo el labio inferior y parpadeo.

—Entonces tienes suerte —respondo, algo ronco—. Porque llevas un buen rato rondándome la cabeza las veinticuatro horas del día.

Sebastian alza y baja las cejas, empujando la comisura de la boca en una sonrisa torcida. Luego se endereza y le tiende la mano a Michelle.

—Si no quiere jugar, nos vamos.

Me pongo de pie y tomo la otra mano de ella, ayudándola a bajar del banco junto con Sebastian. Caminamos un rato por la playa, con Michelle entre los dos, hasta que tomamos un sendero que atraviesa el pueblo y regresamos a casa. De camino, Sebastian me muestra dónde fue a la universidad y le compramos a la niña un helado de fresa en cono. La mayor parte del tiempo, Sebastian tiene que lamer la crema que gotea por el costado para que no se le peguen demasiado los dedos, pero Michelle está feliz con lo que le toca.

Ya en casa, la llevamos al jardín y entonces Sebastian le dice: —Rápido. Corre adentro y dile a tu mami que te lave las manos.

Michelle sale disparada en una carrera infantil que derrite el corazón con solo mirarla.

No me dan ganas de entrar todavía, así que respiro hondo y me empapo del sol dorado de la tarde. Sintiéndome completamente feliz y despreocupado por una vez, camino sin prisa hasta el enorme cedro del jardín delantero, que extiende ramas gruesas en todas direcciones. Algunas están lo bastante bajas como para alcanzarlas con los brazos estirados. De espaldas al tronco, me agarro de dos de ellas y hago una dominada para comprobar si soportan mi peso.

Sebastian se acerca y yo vuelvo a bajar, dejando las manos apoyadas sobre las ramas.

—Claudia y yo nos trepábamos ahí todo el tiempo cuando éramos chicos —me dice.

Al girar la cabeza, entiendo por qué.

—Este árbol parece el paraíso de cualquier niño.

—Lo es.

Vuelvo a mirar a Sebastian. Ahora está justo frente a

mí, levantando los brazos para deslizar las manos sobre las mías en las ramas. Su voz se vuelve más suave, aunque con un dejo ronco, cuando añade: —Algunos también podrían llamarlo el País de las Maravillas.

Trago saliva.

La presión sobre mis dedos aumenta cuando se inclina hacia mí. Las mangas remangadas de su sudadera negra dejan al descubierto unos antebrazos musculosos y fibrosos.

—Entonces… —raspa, acercando cada vez más la boca a la mía—, ¿qué vas a hacer ahora, Raff?

Otra vez colgado del árbol, como había estado atado al poste de la cama en mi cuarto de juegos antes, no puedo escapar. Pero esta vez no quiero hacerlo.

Sosteniendo su mirada intensa, inhalo el aroma de su piel calentada por el sol. Los destellos oscuros en sus ojos marrones me hipnotizan, igual que su sonrisa apenas insinuada. Y, de algún modo, sé que cada vez que piense en arcoíris en el futuro, siempre tendré la imagen de este preciso instante grabada en la cabeza.

Su pecho se apoya contra el mío, empujando mi espalda contra el tronco. De manera automática, mi respiración se acelera. Apostaría a que puede sentir los latidos de mi corazón desbocado resonándole en el pecho. Apenas unos centímetros nos separan. Nuestros labios. Y, aun así, hay otro río embravecido que necesito cruzar. Un puente que tengo que construir yo. Si tan solo supiera cómo. Porque quiero llegar al otro lado… con todas mis fuerzas.

El aliento de Sebastian roza mi piel cuando susurra con suavidad: —Estás pensando demasiado otra vez.

—No lo estoy.

—Entonces, ¿qué estás esperando?

Mi mirada cae en sus labios. —No lo sé.

Sus dedos se deslizan entre los míos sobre las ramas. —Bésame, Raffael.

Y entonces lo hago.

Solo un roce de labios. Ni siquiera tengo que moverme, porque él ya está ahí. Cierro los ojos y dejo que mi boca vuelva a rozar la suya. Un estallido de escalofríos chisporrotea sobre mi piel y recorre todo mi cuerpo. Cada centímetro de mí está en alerta, vivo en los lugares donde me toca y también en los que no.

Una oleada de indefensión debilita mi resolución cuando su lengua separa mis labios. Sus manos firmes sobre las mías me mantienen en su sitio, sin dejar que mi cuerpo escape. Empieza a rodear mi lengua con la suya en un juego electrizante de contacto y retirada, de relámpagos y truenos. El calor de su boca vuelve a hacerme temblar. Bajo el rastro amargo de su último cigarrillo, su lengua conserva la dulzura del helado de fresa, y Sebastian me deja saborearla hasta borrarla por completo. Despacio. Con ternura. Con fervor. Como yo quiera.

La sensación de besarlo por fin me atraviesa hasta lo más hondo. Arde, hormiguea y me acaricia por dentro con un placer que no sabía que existía. La boca de Sebastian sobre la mía desplaza mi mundo de su eje y me hace flotar, ingrávido, con él como único punto de gravedad.

En el instante en que gime suavemente contra mis labios, comprendo que todos los besos que he dado en mi vida no significaron nada comparados con este. Fueron insignificantes. Una brisa apenas perceptible frente a la tormenta que Sebastian enciende dentro de mí. Con él pruebo el sabor del País de las Maravillas y sé que nunca me bastará.

Su mano derecha se suelta de la mía y aparta con cuidado los mechones de pelo que siempre me caen sobre la frente y el ojo izquierdo. Sus dedos bajan hasta mi nuca, con el pulgar apoyado en la mandíbula, mientras profundiza el beso y me mantiene cerca.

Mi mano liberada se suelta de la rama y deslizo el brazo alrededor de él, aferrándome a la capucha de su sudadera por la espalda. Hundo los dedos en la tela y me abrazo a él con todo lo que tengo y todo lo que soy mientras me besa una y otra y otra vez.

Baja la mano por mi espalda y me aprieta con fuerza

contra su cuerpo. Con los ojos cerrados y la boca respondiendo a cada beso, le suplico en silencio que no me suelte nunca.

Y no lo hace.

Cuando el beso se va apagando despacio, dejando mis labios ansiando más, su brazo sigue rodeándome y apoya la frente contra la mía. Baja mi mano de la rama con la suya y luego las gira para que nuestras palmas queden juntas y los dedos se entrelacen.

Necesito un momento para recuperar el aliento antes de poder mirarlo. Su mirada está fija en mí, con apenas unos centímetros separándonos. Sus ojos brillan con un atisbo de sonrisa, aunque las comisuras de su boca casi no se mueven.

Nunca creí que pudiera sentirse tan natural estar en brazos de un hombre. O sostenerlo de vuelta. Cierro los ojos otra vez y saboreo la sensación de cada centímetro suyo presionado contra mí. El corazón todavía me late a toda velocidad, como si hubiera corrido un millón de kilómetros para llegar hasta aquí. Y quizá lo haya hecho. Para volver a casa. Para encontrar el País de las Maravillas.

—Tengo tanto miedo de que todo se evapore en humo en el momento en que te suelte —susurro, con la voz rota, en el pequeño espacio entre nosotros.

—Bueno... —Sebastian me aprieta la mano todavía

más—. Entonces no me sueltes —murmura y atrapa mi labio superior entre los suyos para un último beso, suave y tierno.

Cuando su brazo se aparta de mi espalda, nuestros dedos siguen entrelazados, y así es como me lleva lejos del árbol y de regreso a la casa.

Este es el siguiente obstáculo que tengo que enfrentar. No estaremos solos ahí dentro. Un temblor nervioso me roba el aire. Una cosa es decirle a la gente que me atraen los hombres. Algo muy distinto es mirarlos de frente con un hombre unido a mí.

Lo único que se me ocurre que sería peor es perder la sensación de la mano de Sebastian sosteniendo la mía. Así que lo sigo hasta la cocina, donde Claudia amasa un pedazo de masa sobre la encimera.

Tiene las manos cubiertas de harina hasta los codos y se mancha un poco la frente cuando se la limpia con el dorso del brazo. Al alzar la vista hacia nosotros, pregunta: —¿Disfrutaron el paseo?

Suena un poco agitada por el esfuerzo de amasar. Entonces su mirada baja hasta nuestros dedos entrelazados.

Durante varios segundos no me atrevo a moverme, ni siquiera cuando Sebastian cambia la mano con la que sostiene la mía y luego me rodea con los brazos en un abrazo por detrás. Siento su fuerza en mi espalda, sosteniéndome, y aun así las rodillas amenazan con doblarse y fallarme. Se me seca la garganta, la lengua se me pega al paladar. Y todo el tiempo, mi mirada ansiosa permanece clavada en la de Claudia.

No es precisamente difícil leer a alguien que se ha convertido en una estatua aterrorizada en medio de tu cocina, sin respiración, sin latidos y sin nada. Su expresión comprensiva no se aparta de la mía hasta que su rostro se abre en una sonrisa que reconforta el corazón y ladea la cabeza.

—No seas tímido, Raffael. Hacen una pareja preciosa.

Como si esas palabras accionaran un interruptor dentro de mi pecho, los pulmones se me expanden y logro aspirar una bocanada de aire ruidosa que dejo salir despacio por la nariz. Sebastian empieza a reírse detrás de mí y Claudia se suma. Yo no tengo muchas ganas de reírme. Más bien de inclinarme sobre la isla de la cocina para abrazarla con fuerza.

El momento extraño se ve interrumpido por una niña pequeña con un vestido rojo, que entra por la puerta sosteniendo un libro casi tan grande como ella. Agradecido por la distracción, me agacho y extiendo la mano hacia el libro para colorear.

—¿Quieres dibujar un rato, princesa? —le pregunto, feliz de haber recuperado por completo el control de mi voz.

Michelle asiente, y su sonrisa hace que los ojos le brillen como si estuvieran inundados de sol. En la portada hay un unicornio bajo un arcoíris, con flores brotando por todas partes alrededor de las patas del animal rosado. Es evidente que alguien ha intentado repintar de rosa las campanillas azules, incluso por fuera, y puedo verme enfrentando mi próximo desafío en esta casa.

Colorear con una niña de dos años.

CAPÍTULO 8

Sebastian

Esta noche cenamos pizza casera. Mientras Claudia cubre la primera con queso, jamón y piña, yo amaso la masa de las otras dos y luego las estiro hasta dejarlas más o menos redondas.

—Entonces, ¿por fin se está abriendo contigo? —pregunta mi hermana en voz baja, porque Michelle se ha llevado a Raff a la sala para colorear su cuaderno.

—Lo intenta —murmuro mientras esparzo puñados de queso rallado sobre mi pizza y después la cubro con salami y pepperoni—. Nunca vi a alguien resistirse tanto. Pero lo está haciendo muy bien. —Se me escapa una sonrisa—. Deberías haber visto con qué cuidado me tocó los dedos hace un rato. Fue… devastador.

Las manos de mi hermana se quedan inmóviles sobre la encimera. Tras un par de segundos, levanto la cabeza, porque su mirada intensa empieza a incomodarme.

—¿Qué?

Cuando sonríe, en sus ojos arde un calor parecido al de una fogata de medianoche en pleno verano. Luego niega con la cabeza y dice: —Nada. Solo… ¿sabes qué le gusta a Raffael en la pizza?

Eso no era lo que quería decir, y lo sé. Estoy seguro de que algo más se le quedó atorado en la lengua, pero no la presiono. Sobre todo porque, sin duda, tiene que ver conmigo, y no estoy seguro de querer responder a sus preguntas.

—No, pero podemos preguntarle. —Me limpio las manos en el paño de cocina, camino hasta el arco de la pared y me asomo a la sala.

Michelle está sentada en el sillón, con las piernas dobladas de manera que las plantas de los pies se tocan. Apoyado en su brazo izquierdo, Raffael está recostado a lo largo del resto del sofá en forma de L, con las piernas cruzadas y estiradas. Entre los dos yace el cuaderno para colorear favorito de Michelle, el que le regalé la Navidad pasada. Trabajan juntos en una página más o menos por la mitad.

Están tan concentrados que no quiero interrumpirlos todavía. En lugar de eso, apoyo el hombro contra un costado del arco y los observo. Cuando Michelle termina de colorear lo que sea que estaba pintando de azul oscuro, le tiende el crayón a Raff. Él lo toma sin protestar y lo usa en lugar del amarillo con el que estaba trabajando.

—Se ven tan lindos juntos —susurra Claudia, y recién entonces me doy cuenta de que está parada a mi lado, en la puerta—. Michelle está completamente enamorada de Raff.

Cruzo los brazos sobre el pecho y dejo escapar un suspiro silencioso.

—¿Y quién no lo estaría? —Todavía queda un rastro de su sabor en mi lengua. Un poco de Sprite y mucho de Raffael. Siempre sabe tan dulce. Me muero por mi próxima dosis para poder atravesar la noche.

Un pitido suave suena desde el bolsillo de Raffael, y saca el teléfono con tanto cuidado que Michelle ni siquiera se da cuenta. Lee, luego escribe algo rápido y toma una foto del cuaderno abierto. Después de enviarla a quien sea que le escribió, guarda el celular y sigue coloreando con el crayón azul.

—¿Podrías, por una vez, tratar de no lanzarte sobre

él como toro en puerta ajena? —me pide Claudia, apoyando la mano en mi antebrazo—. Cuando está solo parece fuerte. Pero a tu lado, se ve casi frágil.

Caigo en la cuenta de que he sido bastante duro con él estas últimas dos semanas. No siempre fue necesario. Y tampoco me gustaba serlo. Pero con él choco contra un muro tan seguido que no supe de qué otra manera atravesarlo.

Hoy superamos un obstáculo enorme. Bajó esas paredes. Por completo. Y además, por decisión propia.

—Necesitaba aplicar un poco de presión para abrir su caparazón —le explico a mi hermana, todavía en voz baja, como si fuera plena madrugada y estuviéramos tratando de no despertar a nadie en la casa—. Pero a partir de ahora voy a ser cuidadoso.

Con una rápida mirada de reojo, noto su expresión satisfecha. Es evidente que le cae bien, y no solo porque su hija esté perdidamente enamorada de él. O yo…

Justo cuando está por volver a la cocina, se detiene otra vez, con la mirada fija en el sillón. Michelle deja de colorear y baja el crayón. Raffael no se da cuenta, porque sigue concentrado en la página. Una vez más, la muñequita junta las manos frente al pecho y se queda completamente inmóvil mientras lo observa. No la había visto tan callada desde el día en que le regalaron el unicornio mecedor y no se bajó de él durante casi tres días seguidos.

De pronto, estira su bracito y pasa los dedos por la mata de cabello rubio casi blanco que le cae a Raffael sobre la frente. Sorprendido, él alza la vista y se queda mirándola directo a los ojos. Ninguno de los dos se mueve ni dice nada durante un instante imposible de medir. Hasta que Michelle vuelve a acariciarlo y luego inclina todo el cuerpo hacia adelante para apoyar la cabeza contra la de él, con los ojos cerrados.

Con el destello del celular de Claudia, que captura el momento, la mirada suspendida de Raffael se desliza hacia nosotros.

Le lanzo una sonrisa ladeada desde el otro lado de la habitación. —Cree que eres un unicornio.

Él arquea las cejas, indefenso. Absolutamente comestible, ese tipo. Claudia toma otra foto cuando él estira la mano para sostener la mejilla de Michelle y le da un beso en la frente. Luego, ella me arrastra de vuelta a la cocina para terminar la cena.

El último disco de masa solo lleva salsa de tomate y queso. Grito por encima del hombro: —Oye, ¿Islandia? ¿Qué quieres en tu pizza?

—Cualquier cosa está bien —responde—. Solo nada de atún, por favor. —Y enseguida su voz suena mucho más cerca—. Y nada de maíz —agrega, haciendo una mueca.

Cargando a Michelle en brazos, entra a la cocina y se coloca a mi lado, examinando los tazones con los distintos ingredientes.

Cargo su pizza con jamón, salami, pimientos, unos cuantos trozos de piña y, después de que roba una aceituna negra de uno de los tazones y se la mete a la boca, también un buen puñado de esas. Claudia mete las tres pizzas al horno, acomodadas en bandejas separadas, y luego pone la mesa con cuatro platos y cubiertos.

No pasan muchos minutos antes de que la cena empiece a llenar la casa de un aroma delicioso. Mientras sacamos la comida del horno, Raffael sienta a Michelle en su sillita en la cabecera de la mesa y se sienta a su lado, en el lugar donde yo solía sentarme. Repartimos las pizzas en los platos de todos; luego me siento junto a Raff y Claudia se acomoda frente a él, en su sitio de siempre.

Limpio la lata de Sprite que traje del refrigerador con el dobladillo de mi sudadera y se la abro a Raffael. Esta vez, sin vaso. Yo tengo una Coca-Cola para acompañar la comida y corto la pizza en ocho rebanadas; saco una, la levanto sobre mi cara y dejo que el queso se estire y se escurra en mi boca antes de morder la punta.

Raffael me observa, indeciso. Sé que probablemente quiere comer su pizza de la misma forma ahora, pero después de mirar a mi hermana, que corta con cuidado una rebanada de la suya en trocitos para Michelle, él también toma un cuchillo y un tenedor.

—Oh, no. Vamos, copito. Eso no —me río, me giro hacia él y con la mano libre le agarro la suya para hacer que suelte el tenedor.

Luego le acerco mi propia rebanada de pizza a la boca, y muerde porque no le queda otra opción. Mientras mastica, le tomo la nuca y lo acerco para darle un beso rápido sobre los labios cerrados.

—Así es como se come pizza en esta casa.

De inmediato, lanza una mirada incómoda hacia Claudia, no sé si por el beso o por comer con los dedos. Se relaja un poco cuando ella no estalla en un sermón por ninguna de las dos cosas, sino que le dedica una sonrisa tranquilizadora desde el otro lado de la mesa y luego muerde la punta de su propia rebanada.

—¿Ves? —me río—. Todo está bien.

Bueno, casi todo. Claudia termina de cortar la cena de Michelle y le ofrece un pequeño trozo de pizza con queso entre el pulgar y el índice. La muñequita sella los labios y gira la cabeza hacia el otro lado. Mi hermana y yo la miramos con el mismo asombro.

Nunca ha rechazado la pizza.

—¿Qué pasa, amorcito? —pregunta Claudia—. Solo tiene queso, nada más. Te gusta la pizza de queso.

Intenta darle de comer otra vez, pero esta vez la pequeña incluso aprieta los ojos y se inclina todo lo que la sillita le permite para dejar clara su postura.

Sería muchísimo más fácil entenderla si dijera algo, porque puede hablar. Simplemente se quedó muda desde el momento en que vio a Raffael y le aparecieron esos corazones gigantes en los ojos. Los mismos que todavía tiene ahora, mientras lo mira con aire esperanzado y completamente enamorada.

—Alguien quiere tu pizza —me burlo de Raff y me meto en la boca el resto de mi rebanada, arrancando otra del plato.

Todavía no del todo convencido, inclina la cabeza y le pregunta: —¿Tienes hambre?

Michelle asiente, y su sonrisa tímida ilumina la habitación.

Cuando mira hacia el otro lado de la mesa, supongo que Raff está considerando tomar un nugget del plato que Claudia preparó para Michelle. Pero él, como todos nosotros, sabe que eso no. En vez de eso, con un dedo aparta los ingredientes de su propia porción y luego arranca un bocadito diminuto, extendiéndoselo a Michelle. Con las manitos bien juntitas y apoyadas, ella se inclina un poco hacia adelante y abre la boca, aceptando con una gratitud preciosa la comida que él le ofrece.

Claudia niega con la cabeza, y ambos nos reímos de la escena antes de volver a lo nuestro.

—Cuidado, copito, o te va a llevar a la cama como a su conejito de peluche y no te va a dejar salir nunca más de este pueblo —digo.

Después de darle otro bocado, se gira hacia mí con una sonrisa.

—¿Celoso, Bash?

Vuelvo a acercarle mi rebanada de pizza y él se inclina para morder, sin pensarlo.

¿Celoso?

No.

¿Feliz de haberlo traído al País de las Maravillas?

Absolutamente.

Nos quedamos sentados a la mesa mucho después de cenar, porque toda hermana mayor del mundo siente curiosidad por la persona con la que anda su hermano, y Claudia empieza a interrogar a Raff. Por suerte, sobre su origen y sus estudios de arquitectura, y no sobre sus preferencias en el cuarto de juegos. Es una noche acogedora y divertida. Nos reímos mucho, y Michelle pronto deja claro que ya es hora de sentarse en el regazo del unicornio en lugar de limitarse a admirarlo desde lejos.

Cuando cae la noche, dejo a los demás solos unos minutos y salgo a fumar. Hubo una época en la que me fumaba un paquete entero en veinticuatro horas, pero en los últimos meses reduje el consumo a cuatro o cinco cigarrillos al día.

Me siento en el escalón de la entrada de la casa, con los antebrazos apoyados sobre las rodillas dobladas, y observo cómo la punta del cigarro brilla en la oscuridad. Un clic suave y una luz que se derrama ampliamente sobre el suelo frente a mí me indican que alguien sale de la casa. La puerta vuelve a cerrarse con cuidado y la luz desaparece. Como la persona no avanza, inclino apenas la cabeza, apoyando la boca contra el hombro.

Pasa otro instante antes de que unas piernas largas enfundadas en jeans crucen frente a mí en la oscuridad. No miro a Raffael de inmediato. Espero a que se detenga delante de mí. Girando la cabeza despacio, doy una calada profunda y exhalo una columna de humo mientras lo observo desde abajo.

—¿Te soltó? —pregunto con una sonrisa suave.

Raffael se mete las manos en los bolsillos.

—Claudia le está dando un baño. Pero Michelle quiere que el río Bash le lea un cuento más tarde, antes de dormirse.

Asiento y lo pincho.

—¿Por qué? ¿No cree que su recién adoptado tío Raff sepa leer?

—El tío Raff, sí. Pero los unicornios… al parecer no. —Se ríe en voz baja. Es un sonido que me calienta por dentro. Me gustan estos momentos tranquilos con él.

A través del humo que se eleva del cigarro entre nosotros, me empapo de su figura a la luz de la luna. Hay instantes en los que no puedo creer que por fin esté aquí conmigo. Visto en retrospectiva, las últimas dos semanas han sido una montaña rusa de locura. Raffael es un copo de nieve. Uno que cae despacio, se posa suave sobre tu piel y, antes de que siquiera lo notes, vuelve a desaparecer.

Ni siquiera puedo decir en qué momento la atracción inicial se convirtió en un deseo real. El episodio en el café, hace una semana, cuando me dijo que no soporta a la gente impuntual, es una muy buena candidata. Sus roces tímidos más tarde ese mismo día fueron mi perdición. Y, incluso ahora, me encanta pasarnos mensajes de texto de un lado a otro.

Nada de lo anterior puede compararse con el beso que compartimos hoy. Me he besado con mucha gente, chicos y chicas por igual, desde la adolescencia. Pero en todo ese tiempo, nada me ha sacudido como el instante en que Raffael por fin me dejó entrar. Cuando extendió la mano para aferrarse a mí con una necesidad tímida. Esa será siempre mi perdición.

Después de besar a un ángel, cuesta imaginar querer algo distinto en la vida.

Doy la última calada al Marlboro, lo apago y luego lo lanzo por encima de la cerca del jardín. Al soltar una bocanada espesa de humo, estiro la mano hacia la parte trasera de sus muslos y lo arrastro más cerca, separando las piernas para que pueda colocarse entre ellas.

Mmm, quizá no sea tan buena idea. Tener su entrepierna a la altura de mis ojos siembra imágenes peligrosas en mi cabeza. Michelle y Claudia están ocupadas en el baño. Seguro no salen en al menos media hora. Dejo que las palmas abiertas se deslicen por la parte posterior de los muslos de Raff hasta quedar apoyadas en su trasero firme.

Resopla una risa incrédula y me estampa las manos encima, apartándolas con más fuerza de la que jamás le había sentido usar. —Ni se te ocurra, Rhyse.

Maldición, me encanta cuando se pone el sombrero de Dominante. Y, diablos, si eso no fue un desafío.

En cuanto me levanto de los escalones de la entrada, la risa de Raffael se apaga y retrocede por el césped. Estoy bastante seguro de que quiere que lo siga. Con un gruñido bajo, avanzo hacia él y lo acorralo contra el árbol.

Su sonrisa juguetona se ensancha. —No te atreverías —me advierte.

Ah, si ahí no me está subestimando. Al entrar de lleno en el País de las Maravillas, le tomo las muñecas y se las sujeto detrás de la espalda, clavando la mirada en la suya. —¿Y cómo piensas detenerme?

Raffael se ríe. Qué sonido tan precioso. —Gritaré. Hay una niña en esa casa que me adora. Vendrá a rescatarme.

Aflojo la presión sobre sus muñecas y deslizo las manos hacia abajo hasta entrelazar nuestros dedos, y gruño contra sus labios: —No quieres que te rescaten. —Entonces me adueño de su boca en un beso duro que lo estrella contra el tronco del árbol.

Raffael sabe a nieve de invierno sobre mi lengua. Podría besarlo así toda la noche. Y más…

Abandono sus labios y voy mordisqueando un camino por su cuello, disfrutando del gemido torturado que se le escapa. Quiere que me detenga y, al mismo tiempo, no. Mis manos suben por su trasero, se deslizan bajo su camiseta de hockey y recorren su piel caliente hasta el frente. Pero cuando mis dedos se enganchan en la pretina de sus jeans, se aferra a una rama sobre su cabeza y se impulsa con rapidez fuera de mi alcance.

Con la cabeza echada hacia atrás, lo observo trepar y digo en voz baja: —Una mamada en un árbol es complicada, pero no imposible.

Raffael se ríe mientras se acomoda en una rama gruesa y deja colgar una pierna. —Saca la mente del drenaje y sube.

Me encaramo a la primera rama y sigo su camino hasta sentarme en una junto a él, apoyando la espalda contra el tronco igual que hace él. Desde aquí tenemos una vista perfecta de la luna y de millones de estrellas en el cielo negro. No subía aquí desde hace años. Es lindo volver.

Con una pierna doblada, el pie apoyado en la rama, Raffael entrelaza los dedos sobre el estómago y contempla el vacío con aire soñador. Lo observo durante varios minutos largos, memorizando cada pequeño detalle de su rostro y grabando este momento en la memoria. Solo cuando sé que nunca olvidaré cómo se ve aquí, en el árbol, le pregunto en voz baja: —¿En qué piensas?

Pasa otro instante antes de que gire la cabeza hacia un lado y parpadee despacio. —En muchas cosas… sobre tú y yo.

Como un cigarrillo atravesando papel, su mirada cargada de anhelo me quema. Tras un rato, trago saliva y estiro la mano hacia él. A regañadientes, Raffael deposita la suya en la mía y cierro los dedos con fuerza alrededor de ella. Hay una sonrisa apenas insinuada en sus labios, pero se nota sobre todo en sus ojos azules. Él también aprieta, y luego inclina la cabeza hacia atrás para volver a mirar la luna y las estrellas. Yo hago lo mismo.

Juntos.

CAPÍTULO 9

Raffael

Sebastian bajó del árbol y entró a la casa hace unos minutos, después de que Michelle apareciera en el marco de la puerta con el libro que quería que le leyera en la mano.

Sigo mirando el cielo nocturno mientras Intento poner en orden mis pensamientos. Desde el primer día en que Sebastian entró en mi vida, ha hecho estragos en mis sentimientos. Y todavía los hace. Atraviesa mis defensas con una determinación tal que no consigo apilar los ladrillos lo bastante rápido para reconstruirlas. Y aquí estoy yo, con los brazos llenos de ladrillos, sin saber qué hacer con ellos. Se me escapa un suspiro profundo cuando mi yo imaginario los deja caer al suelo. Qué desastre.

Qué desastre tan hermoso, tan aterrador, tan electrizante.

Me pregunto si algún día se detendrá el carrusel desquiciado en el que me encuentro al darme cuenta de que me estoy enamorando de un hombre, o si terminará transformándose en algo que al menos se sienta medianamente normal.

Ahora mismo, me deja sin aliento.

Cierro los ojos un instante y repaso por última vez los acontecimientos de hoy. Fue un día increíble, y ojalá no tuviera que terminar.

Aunque, pensándolo bien, todavía quedan unas cuantas horas. A pesar de que me pone un poco nervioso lo que la noche con Sebastian pueda traer, una sonrisa se me escapa.

Bajo del árbol y entro a la casa, guiándome por la voz de Sebastian hasta la parte trasera. Está recostado en la cama de Michelle, con un libro en las manos y la niña descansando plácidamente sobre su pecho.

Con las manos metidas en los bolsillos, me apoyo en el marco de la puerta y escucho la historia de Pinocho escapándose de casa. Michelle me ve de inmediato. No se mueve de encima de Sebastian, su manita aferrada a su sudadera negra, pero mantiene los ojos fijos en los míos durante varios minutos. Hasta que, poco a poco, los párpados se le van cerrando y la succión del chupón se reduce a uno que otro espasmo ocasional.

Al final, me acerco a la cama, me inclino y dejo un beso que apenas roza su sien. —Duerme bien, princesita—. Le acaricio el cabello, todavía húmedo por el baño, y luego me incorporo, mirándolo a Sebastian. —Voy a darme una ducha.

Él asiente, y los dejo solos para que terminen el cuento antes de dormir.

Claudia está sentada en la sala con su laptop, y también le deseo buenas noches antes de subir las escaleras hasta la habitación de Sebastian para recoger mi mochila.

El baño no es tan grande como el de abajo y aquí no hay tina, pero es luminoso y acogedor, con azulejos blancos y muebles de madera de abedul. Me quito la ropa y entro a la regadera, usando mi propio gel para enjabonarme. El agua caliente hace maravillas para reanimarme después de que se me entumecieran un poco las extremidades en el árbol. Como Sebastian está ocupado con la bebé, no hay necesidad de apurarme, pero tampoco quiero gastar toda el agua caliente, así que me limito a diez minutos. Después de secarme bien, cuelgo la toalla usada en el toallero y me pongo unos bóxers limpios y mis jeans.

Descalzo, regreso en silencio a la habitación de Sebastian y me detengo un segundo en la puerta, sorprendido al encontrar encendida la lamparita sobre la cómoda y a Sebastian estirado sobre la cama. Con la almohada apoyada contra el cabecero, tiene un brazo doblado detrás de la cabeza y las piernas largas estiradas y cruzadas. Sus ojos me siguen por la habitación mientras cierro la puerta y dejo la mochila sobre el escritorio. Pensé que tendría unos minutos a solas después de la ducha. Darme cuenta de que no es así hace que el corazón se me acelere de puro nervio. Cuando me giro hacia la cama, Sebastian apoya la mano libre en el espacio vacío a su lado, como una invitación. Me quedo clavado en el lugar y trago saliva.

—¿Asustado? —pregunta con suavidad, sin que su rostro revele lo más mínimo de lo que piensa. Empiezo a morderme el labio inferior, gesto que le arranca una sonrisa ladeada—. El cuarto de las niñas está abajo.

—Ja. Ja. —Pongo los ojos en blanco, cruzo hasta el lado libre de la cama y me dejo caer a su lado, haciendo que el colchón se sacuda. Muy a mi estilo, me recargo contra el cabecero, pero con los brazos cruzados sobre el pecho desnudo.

—No tienes por qué tener miedo. No muerdo. Lo

prometo —se burla Sebastian, con un brillo travieso en los ojos. Luego arquea las cejas y alarga las palabras—. A menos que quieras que lo haga.

Con un tono cínico, le respondo. —Mi trasero todavía tiene las marcas de tus mordidas del fin de semana pasado, gracias.

—Aaay, vamos. Eso fue apenas un mordisqueo —dice, y de pronto se inclina hacia mí, sobresaltándome; me rodea el cuello con la mano y me atrae más cerca—. Y sé que te gustó. —Sus labios y su lengua me cosquillean la oreja de forma tan inesperada que un escalofrío me recorre desde la nuca hasta la punta de los pies.

Suelto una risa y bajo la barbilla por reflejo para escapar de la sensación.

—¿Qué…? —dice con tono juguetón y los ojos entrecerrados cuando se aparta—. ¿Tímido otra vez?

El calor me sube a las mejillas al instante, aunque se disipa con la misma rapidez. No lo estoy, en realidad. Bueno, tal vez un poco.

—Si todavía te da tanto miedo tocar a un hombre —se burla Sebastian mientras se estira para meter la mano en el cajón de la cómoda del otro lado—, puedes dibujarte tu propio mapa sobre mí. —Cuando vuelve con un Sharpie negro enorme y me sonríe al levantarse la sudadera para dejar al descubierto su abdomen firme, estallo en carcajadas.

—Sabes que te falta un tornillo, ¿no?

Él sigue sonriendo con suficiencia y baja la mano, pero le arrebato el Sharpie antes de que pueda guardarlo.

—Dame eso —espeto, y ruedo hacia su lado, pasando una pierna por encima para sentarme a horcajadas sobre sus muslos. Con los ojos bien abiertos, me observa mientras le subo la sudadera hasta el pecho; luego destapo el Sharpie con los dientes y escupo la tapa sobre mi almohada. Se siente bien invertir los papeles por una vez y ser yo quien lo sorprende. Ahora entiendo por qué le gusta tanto dejarme sin palabras.

—Sostén esto —le ordeno, y él, de mala gana, coloca la mano donde antes estaba la mía, sujetando su sudadera. Con la mano libre, apoyo el antebrazo en el colchón y me acerco a mi lienzo humano. Justo donde terminan sus tatuajes maoríes negros en el pecho, apoyo el Sharpie sobre su piel. Al primer trazo de la punta de fieltro deslizándose por el valle entre sus músculos, su abdomen se estremece. Sebastian aspira con fuerza entre los dientes.

—Hace cosquillas, ¿eh? —lo provoco, alzando la vista hacia su cara.

Sigue sin palabras, mirándome con curiosidad.

Empiezo a dibujar un patrón al azar que continúa sin esfuerzo la tinta de sus pectorales: espirales gruesas en ambos sentidos, triángulos con rayas dentro, una doble hélice. Para estar más cómodo cuando descubro que, en realidad, me resulta fascinante dibujar sobre su piel, me acomodo y atrapo su pierna derecha bajo mi muslo. Dobla la otra, y su rodilla proyecta una sombra sobre mi área de trabajo. Odio dibujar a oscuras, así que empujo esa pierna hacia un lado y me gano un gruñido bajo de Sebastian. Es terriblemente sexy, pero me niego a ceder a la tentación de volver a mirarlo a la cara. En lugar de eso, me muerdo el labio.

Tan cerca de su cuerpo, noto cómo su pecho se eleva un poco más rápido al principio con cada respiración. También veo cuándo se relaja a medida que pasan los minutos. Pero en ningún momento deja de sentirse su mirada intensa clavada en mí.

Hay algunas cosas sobre él que me he estado preguntando desde hace tiempo y, como ahora estamos solos y tenemos todo el tiempo del mundo, aprovecho para preguntar. —¿Siempre supiste que te gustaban los chicos y no solo las chicas?

Sus músculos se tensan un instante cuando se aclara la garganta. —Me di cuenta bastante temprano. A los once o doce, creo. Pero no se lo dije a nadie hasta los dieciséis.

—¿Fue entonces cuando el vecino de la carretera se convirtió en tu novio?

—Peter. Mmm. —Asiente—. Aunque no estuvimos juntos tanto tiempo.

Levanto la vista de inmediato. Ni siquiera tengo que formular la siguiente pregunta en voz alta; él simplemente responde.

—Dos meses y tres días —dice, y luego se ríe—. Me dejó por un tipo mayor del colegio.

Vuelvo a concentrarme en la punta del Sharpie y murmuro. —¿Cuánto duró tu relación más larga?

—¿Con un chico o con una chica?

Me encojo de hombros con aparente indiferencia, aunque preferiría escuchar los detalles sobre sus relaciones con chicos.

Un suspiro aplana su pecho. —Después de Peter, solo tuve un par de novias en la escuela. Y una en la universidad. Nada demasiado serio. Apenas durábamos unas semanas, porque eso nunca fue realmente satisfactorio.

—¿Satisfactorio…? —murmuro.

—Sí. —Ahora su voz suena relajada, con una sonrisa—. Pronto me di cuenta de que más o menos disfrutaba acostarme con chicas, pero la verdadera chispa solo aparecía con los chicos. —Hace una pausa breve antes de ponerse serio otra vez—. Creo que puedes identificarte… ¿no?

Se me seca la garganta y la nuca empieza a arder con un calor traicionero. Ni siquiera me atrevo a asentir, pero mi silencio parece ser respuesta suficiente para él.

—¿Cuánto duró tu relación más larga con una chica? —me devuelve la pregunta. Suena genuinamente curioso, aunque con cierta cautela.

Mi respuesta es breve y honesta. —No tengo relaciones.

Eso pone punto final a la conversación sobre chicos y chicas, sexo y amor. Durante un buen rato, en la habitación solo se escucha nuestra respiración. Es incómodo como el demonio.

—Entonces… ¿los Transformers? —rompo el silencio al cabo de un rato con una pregunta completamente aleatoria, al acordarme del póster en su armario.

—Todos tenemos nuestros momentos de debilidad —dice con una sonrisa fácil. Supongo que él también agradece el cambio de tema.

—¿Cuál era tu favorito?

—Bumblebee —responde, y enseguida los dos soltamos una risa, diciendo al mismo tiempo—. Claro.

Siguiendo la línea de su película favorita, dibujo a continuación siete barras negras, cada una de apenas un centímetro de ancho, con el mismo espacio de piel limpia entre ellas. Un diseño especial de abejorro.

Cuando me quedo sin ideas sobre qué hacer después, empiezo con una versión muy celta de la letra S que termina fundiéndose con el trazo de la letra R. De pronto, sus dedos rozan mi frente y apartan mi cabello con lentitud. Me sobresalto tanto que la mano se me va sobre su estómago. Con fastidio, noto que ahora una mancha arruina el diseño perfecto.

—Esto es un Sharpie. Nada va a borrar eso durante los próximos cinco días o algo así…

Por su expresión culpable, no creo que haya querido interrumpirme.

—No me importa —dice en voz baja. Cuando desliza el pulgar por el puente de mi nariz y luego por mi pómulo, debajo del ojo izquierdo, mi frustración se disuelve hasta desaparecer por completo. Maldición. ¿Está intentando distraerme?

Sus dedos son mucho más suaves de lo que el resto de él sugiere. Bajo los párpados e intento seguir sus movimientos con la mirada, pero al final termino levantándolos para mirarle el rostro. El aire empieza a chisporrotear entre nosotros y, de pronto, lo único que veo son sus labios carnosos. Unos labios que quiero besar.

Pero no lo hago. Todavía no he terminado con él.

Aprieto la boca en una línea de reproche y, con

cuidado, aparto su mano de mi rostro.

—No se supone que debas molestar a un artista mientras trabaja —lo regaño, plenamente consciente de que solo estoy ganando tiempo. Y probablemente él también lo sabe. Pero no me importa.

De vez en cuando tengo que deslizarme unos centímetros más abajo para poder seguir dibujando. Ahora mi antebrazo derecho descansa sobre su entrepierna, porque no hay otro lugar que me dé el ángulo correcto. Pronto empieza a formarse un bulto evidente en los shorts de Sebastian. Me obligo a ignorarlo y a concentrarme en mi obra. Lo siguiente es una versión muy abstracta de una tortuga marina, rodeada por olas del océano.

—¿A quién le enviaste antes la foto del libro para colorear? —pregunta Sebastian al cabo de un rato, cuando el cuarto vuelve a quedar en completo silencio. Su voz suena mucho más ronca que hace cinco minutos.

—A Tanya —respondo, alzando la vista hacia su cara. Tiene la cabeza hundida en la almohada y se muerde el labio inferior. Alguien está luchando por mantener el control. Bajo un poco más el brazo, de modo que la muñeca quede apoyada directamente sobre su pene. Cierra los ojos. Y yo sonrío—. Va a estar orgullosa de mí. Hoy coloreé una ardilla de azul

—añado, muy consciente de su sufrimiento mientras sigo dibujando.

El tatuaje maorí único recorre unos trece centímetros desde el lado derecho de su pecho en diagonal por el abdomen, pasando justo por encima del ombligo. La pretina de sus shorts me detiene, así que la bajo apenas un poco para terminar la línea de rombos que funciona como marco del diseño.

Su respiración vuelve a desacompasarse.

—Raffael… —jadea.

—¿Mmm?

Eso que tiene dentro del pantalón, tan duro como está, de verdad debe doler. Recuerdo una noche en la que me sentí más o menos igual, cuando me prohibieron correrme. Con una mueca burlona, vuelvo a subir, apoyo el muslo justo en el lugar donde estaba mi muñeca hace un momento y empiezo a rellenar el espacio vacío bajo su corazón, usando mucho negro esta vez.

Suelta una risa ronca. —Estás haciendo esto por venganza, ¿verdad?

—Oh, claro que sí. Por tantas cosas… —arrastro las palabras con desdén, dejando líneas de piel sin tocar que destacan como relámpagos en la noche contra el negro. O como ramas de un árbol, con una luna creciente al fondo…

Después de conectar el nuevo dibujo con los otros en una especie de forma de Y, me apiado de él y tapo el Sharpie. Probablemente temiendo que cambie de opinión, Sebastian me sujeta la muñeca con una mano y me quita el plumón con la otra. Lo hace despacio. Casi con ternura. Lo deja sobre la cómoda junto a la cama y luego me toma el mentón, obligándome a mirarlo de frente a los ojos, encendidos.

Está claro que, por esta noche, hemos terminado de dibujar.

CAPÍTULO 10

Raffael

Un cosquilleo casi palpable empieza a encender la habitación y me acaricia la piel desnuda del torso. Los escalofríos me recorren hondo, concentrándose todos en el bajo vientre. Despacio, me incorporo del colchón, donde llevo casi una hora medio desparramado sobre la pierna de Sebastian. Con una mano bajo mi mentón, me guía hasta donde quiere. Justo encima de él.

Solo sus ojos siguen cada uno de mis movimientos; el resto de su cuerpo permanece absolutamente inmóvil.

Con una rodilla entre sus muslos y la otra junto a su cadera, apoyo las manos a ambos lados de sus hombros y me quedo ahí, mirándolo, directo a sus brillantes ojos castaños. Como antes, cuando interrumpió mi dibujo sobre su estómago, levanta la mano hacia mi frente y aparta mi cabello. Esta vez no me sobresalto. No. Inhalo lento y profundo, y dejo que ese aroma a arcoíris me invada la cabeza.

Sus dedos se deslizan hasta mi nuca. Con el pulgar recorre mi mandíbula mientras me atrae hacia abajo con suavidad, pero no del todo. A un centímetro de su boca, la presión ligera de sus dedos se detiene. Parpadeo una vez. Dos. A la tercera, dejo caer los párpados y mi atención se posa en su boca. Inhalo hondo una última vez y suelto el aire por la nariz. Entonces atrapo su labio superior entre los míos, con cuidado. Es apenas un roce, un susurro de beso mientras exhalo sobre él, pero cuando Sebastian acomoda su boca a la mía, el cosquilleo delicioso se enciende de nuevo dentro de mí. En todas partes.

Me separo apenas, abro los ojos y lo encuentro observándome con curiosidad, con un deseo silencioso en la expresión que me dan ganas de repetir. Cuando me inclino por segunda vez y vuelvo a tocar su boca, la curva delicada de su labio superior me provoca explorar, así que recorro esa línea con la punta de la lengua. Sebastian me da todo el tiempo del mundo, pero antes de que pueda apartarme, abre un poco la boca y encuentra mi lengua con la suya. Solo las puntas se rozan en un contacto mínimo, pero es suficiente para que un calor palpitante me recorra el cuerpo entero.

Me encanta su sabor. Bajo la capa tenue de pasta dental mentolada que disimula el rastro de su último cigarro, sabe a aventura y a deseo indómito. A libertad. Porque esto es el País de las Maravillas.

Le doy otro lamido a su lengua, apenas uno, y luego otro más, un poco más profundo esta vez. De pronto, la presión de los dedos de Sebastian en mi nuca se vuelve más firme, y también nuestro beso, hasta que solo existen lenguas, labios y respiraciones aceleradas. Doblo los codos para bajar más, porque quiero sentirlo por completo. Pero todavía inseguro, mantengo parte de mi peso sostenido en las manos.

—Raff... —gruñe Sebastian contra mi boca—. No soy una chica. No me vas a aplastar si te relajas.

Y con eso me rodea con el otro brazo y me jala hacia abajo con una fuerza que aparta mis codos y me deja sin aire. Apenas tengo tiempo de recuperar el aliento cuando nos da la vuelta y quedo atrapado debajo de él, con los labios aún enfrentados en un duelo de pasión que me nubla la mente.

Las manos de Sebastian recorren mi torso desnudo y dejan un hormigueo encendido allí donde me toca. Yo también quiero tocarlo, sentir su cuerpo, sus músculos, así que le subo la sudadera negra y dejo que mis dedos rocen su piel a los costados. Él lleva una mano al cuello de la prenda, se la saca por la cabeza y la arroja a un lado. Toda la gloria de sus tatuajes maoríes, ahora integrados con mi propio diseño, se despliega ante mí y me atrapa la mirada.

Una vez más, fascinado, deslizo los dedos por la tinta negra, ya sin timidez. Son increíblemente hermosos. Absorbido por los motivos de su pecho, que parecen picos clavándose en la oscuridad, llevo las manos hasta sus omóplatos y lo atraigo contra mí para besar el diseño. Recorro con los labios uno de los picos tatuados y dejo que mi lengua lo siga. Mierda. Sabe exactamente como huele... una mezcla de sol y almizcle y, de forma inconfundible, solo Sebastian.

Mis manos vuelven a vagar por su pecho, siguiendo líneas y tinta. Mientras yo permanezco boca arriba, Sebastian se endereza hasta quedar de rodillas, con las piernas abiertas. Desde arriba, me observa y me deja explorar.

Deslizo los dedos por su abdomen y bajo por los valles entre sus músculos, siempre siguiendo los dibujos, hasta llegar al punto donde desaparecen bajo la tela gruesa de sus shorts de mezclilla beige. Buscando apoyo, levanto la mirada hacia su rostro, y lo que encuentro en sus ojos me anima. Me dice, sin palabras, que todo lo que quiera hacer está bien.

Me muerdo el labio inferior. Luego, con cautela, estiro la mano hasta el botón de sus shorts y lo desabrocho. Mis dedos rozan la punta de su erección dura y, por el rabillo del ojo, veo cómo su rostro se tensa en un gesto de deseo contenido. El sonido del cierre al bajar, renuente, rasga el silencio de forma casi ominosa. Engancho los dedos en la pretina de los shorts y los boxers y empujo ambas prendas hacia abajo, liberando su sexo con cuidado.

Un gemido bajo, de alivio, se le escapa silbando entre los dientes. Sí, ha estado sufriendo bastante dentro de esos shorts. Por mucho que la idea de cruzar esta última línea me asuste, también despierta en mí curiosidad y anhelo. Un deseo de explorar más allá de los límites del patio de juegos tatuado de su piel.

Me giro de lado, apoyándome en un codo, y dejo la otra mano enganchada en sus shorts. Es extraño, pero después de cada pequeño paso que doy siento la necesidad de buscar calma en sus ojos. Sebastian está sereno, como la superficie de un lago en calma. Sin embargo, por las respiraciones rápidas y superficiales que le sacuden el pecho, sospecho que un fuego también arde dentro de él.

Con cuidado, mis dedos se deslizan por la pretina de sus shorts, acercándose más a su erección. Él aprieta los labios, sin romper el contacto visual ni un segundo. Solo cuando las yemas acarician con suavidad su longitud cierra los ojos y aspira hondo, con las fosas nasales dilatándose.

Nunca en mi vida imaginé que algún día le haría a otro hombre lo que tantas veces las chicas me hicieron a mí. Mi primera mamada. La sola palabra me provoca escalofríos, y no todos son de miedo.

Mis dedos se cierran alrededor del centro de su verga, dura como hueso, y paso el pulgar por la cabeza, esparciendo el líquido sedoso que perló en la punta. Cuando separo un poco su erección de su abdomen, se forma otra gota. De pronto, quiero saber a qué sabe. No solo sus besos y su piel, sino todo él.

Sus abdominales se tensan cuando me inclino sobre él, y mi cabello roza su piel. En el instante en que deslizo la lengua con calma por la punta de su pene, Sebastian arquea la espalda y se apoya en las manos detrás de él. Un gemido tembloroso se le escapa de la garganta.

Es hermoso.

Froto la lengua contra el paladar y saboreo su gusto ligeramente salado. Luego le doy otro lamido, largo y lento, de un lado al otro. Su erección palpita en mi mano a medida que más sangre se precipita en ella. Con cuidado, poso los labios y los llevo un poco más atrás, rozando su piel aterciopelada con los dientes. Después, rodeo la punta con la lengua en una caricia delicada.

—Oh… Dios… —gime Sebastian.

Una sonrisa se me escapa. Ahora entiendo por qué a las chicas les gusta tanto provocar, cuando lo único que quieres es que te chupen. Es electrizante tener ese poder. Saber que tú decides si el otro se ahoga en un placer absoluto… o arde en un deseo insoportable. Me encanta el sonido de Sebastian suplicando por más.

Le concedo un respiro breve y lo succiono profundo, con fuerza, mientras mi propia entrepierna late con una necesidad creciente. Pero entonces lo suelto por completo y voy besando un camino por su cuerpo hasta incorporarme de rodillas. La verdad es que no quiero que se corra demasiado rápido.

Presiono la lengua contra el costado de su cuello y trazo círculos que lo hacen gemir hacia el techo. Clavo los dedos en su espalda y los arrastro hacia abajo, entre los omóplatos, dejando marcas rojas sin lugar a dudas.

Sebastian cambia el peso a un brazo y coloca la otra mano a un lado de mi rostro. Guiando mi cabeza hasta alinear mis labios con los suyos, se reclina un poco hacia atrás y me arrastra con él. Volvemos a enredarnos en un beso frenético mientras se recuesta, estira las piernas y luego engancha una con la mía. Nos hace girar otra vez, y sus dedos se ocupan del botón y el cierre de mis jeans. En cuanto quedo boca arriba, me los baja junto con los boxers. Nunca me habían desnudado tan rápido.

Sujetándome el tobillo con fuerza, traza una línea de besos y mordidas suaves por la parte interna de mi pierna, subiendo y subiendo. Mi verga palpita, dolorida por la anticipación. Echo la cabeza hacia atrás y aplasto las palmas contra las sábanas. Todo mi cuerpo se tensa cuando siento su aliento tibio en la ingle. Empuja ambas manos sobre las mías y las sujeta con firmeza mientras pasa la lengua en una lamida lenta desde mis bolas, recorriendo toda la longitud de mi erección hasta la punta.

—Joder, sabes a cielo —ronca, antes de dejar un beso en mi abdomen y llevarse mi verga a la boca. Empieza a trabajarme con un ritmo que me empapa el cuerpo de sudor, y sé que no voy a durar mucho.

La sensación física de que un hombre te la chupe no es tan distinta a cuando lo hace una mujer. Pero saber de quién son los labios que rodean mi verga en este momento desata los escalofríos más intensos de placer por todo mi cuerpo. El calor sube desde las piernas y se concentra en el vientre. Quiero gemir. Quiero clavar los dedos en las sábanas. Quiero estallar.

Pero Sebastian no me deja. Como si supiera exactamente hasta dónde puede llevarme sin cruzar esa línea, se detiene en el último segundo posible y me deja agonizando después de haberme elevado tan rápido.

Acerca su cuerpo al mío y se desliza hacia arriba, luego me mueve un poco mientras se acomoda detrás de mí. Al instante me quedo rígido cuando la comprensión de lo que quiere hacer a continuación me cae encima.

—No entres en pánico —susurra en mi oído y deposita besos suaves en mi cuello. Su mano descansa sobre mi estómago, con los dedos acariciando apenas la piel—. No vamos a hacer nada que no quieras.

Su erección se desliza por el surco de mis glúteos. Todavía lleva puestos los shorts desabrochados, y la tela roza mis muslos.

—Y-yo no sé si quiero esto —respondo con honestidad, con la mirada fija en la noche oscura detrás de la ventana. La idea de que me lo metan por el culo me asusta un poco, pero me intriga tanto como todo lo demás en este juego peligroso.

—Entonces lo intentamos —murmura contra mi cuello, llevando los labios hasta mi oreja—. Y si no te gusta, paramos cuando quieras. Tú llevas el control esta noche.

Su promesa suave me tranquiliza lo suficiente como para asentir despacio y cerrar los ojos. Sebastian deposita un beso detrás de mi oreja y, después, una frialdad repentina ocupa su lugar cuando se baja de la cama.

Me arrastro hasta la almohada y dejo caer el rostro sudado sobre ella. En el vidrio oscuro de la ventana alcanzo a distinguir la silueta de Sebastian quitándose los shorts y luego tomando algo del cajón superior de la cómoda. Desaparece del reflejo cuando vuelve a arrodillarse en la cama, y el colchón se hunde detrás de mí bajo su peso.

Se oye un breve rasgado de papel, y luego Sebastian escupe la esquina del envoltorio de un condón, que describe un arco por encima de mí hasta caer al suelo. El resto arrugado del paquete lo sigue. Mientras se toma unos segundos detrás de mí para ponerse el condón, intento respirar hasta recuperar la calma. No quiero tenerle miedo a esto. Me niego. Todo lo que hemos hecho hasta ahora ha sido hermoso. No va a lastimarme. Y si resulta realmente desagradable, dijo que podemos parar.

Confío en él.

Un momento después, posa la mano sobre mi

pantorrilla y la desliza lentamente hacia arriba, por el muslo hasta la cadera, mientras se acomoda detrás de mí una vez más. Cierro los ojos y trato de entregarme a su contacto en lugar de temerle a lo desconocido. Sus besos cálidos en mi cuello y a lo largo de la columna alivian un poco la tensión.

—Voy a ser suave —dice en voz muy baja junto a mi oído, y luego me levanta un poco el rostro para besarme con fuerza en la boca. Mete el brazo izquierdo entre el colchón y yo y entrelaza nuestros dedos, rodeándome con ambos brazos en un abrazo lleno de cuidado. Me gusta cuando me sostiene así. La cercanía. Con su pecho presionado contra mi espalda, creo que incluso puedo oír su corazón latiendo al mismo ritmo que el mío.

Su otra mano me acaricia el costado hasta llegar a la cadera y luego rodea mi verga. Yo estaba preparado para que se ocupara de sí mismo, no para que volviera a masajearme hasta hacerme perder la cabeza. Pero sus dedos son tan hábiles que, después de un par de minutos, apenas logro mantener un pensamiento coherente. Siento cómo empieza a presionar con más fuerza la entrepierna contra mi trasero y, joder, no me molesta en absoluto. El calor me llena por completo. Es como si alguien le hubiera prendido fuego a mi cuerpo. Sea lo que sea que vaya a hacer ahora, está bien para mí. Con tal de que no se detenga y me deje, por favor, por favor, correrme en su mano.

Con la cabeza inclinada hacia atrás todo lo que puedo, nos besamos salvajes y lentos y profundos, cargados de pasión. Sus dedos se cierran con más fuerza alrededor de los míos. La otra mano me lleva la Navidad directo a la verga. Y, de pronto, su pene se desliza entre mis nalgas.

Sebastian me suelta apenas el tiempo necesario para acomodarse y luego se introduce en mí.

Guau. Qué raro.

Abro los ojos de par en par cuando mi culo se estira como nunca antes. Gracias al lubricante que debió de haber puesto en el condón, todo entra con mucha facilidad y no duele en realidad. Además, Sebastian no entra mucho. Apenas la punta. Pero es suficiente para hacerlo gemir y morderme con fuerza el lóbulo de la oreja. Ese dolor sí es mucho más intenso que lo que siente mi trasero cuando empieza a moverse de una forma muy suave. Y, joder, su mano vuelve a estar en mi verga, llevándome directo al final con unos cuantos movimientos expertos. No sé en qué concentrarme primero.

¡Mierda! ¿Así se siente cuando el Jabberwocky se folla al Conejo Blanco en el País de las Maravillas?

Mi orgasmo es el más intenso que he tenido en la

vida y, por fin, un grito ronco se me escapa cuando me corro. Me importa un carajo dónde caiga todo; la mayor parte queda atrapada entre los dedos de Sebastian de todos modos. Y por el sonido torturado de satisfacción que suelta detrás de mí, él me sigue directo al abismo.

Con la cara hundida en la almohada, respiro hondo para bajar de ese orgasmo brutal. Echo de menos su cuerpo cálido en mi espalda cuando se levanta de la cama para tirar el condón y limpiarse, pero estoy jodidamente agradecido de que su pene ya no esté dentro de mi culo. Estuvo bien mientras estaba distraído con otras sensaciones, pero ahora, en la calma después de la tormenta, creo que me haría sentir bastante raro.

—No estoy del todo seguro de querer repetir eso —murmuro, con la almohada amortiguando mis palabras.

La risa de Sebastian suena desde el otro lado de la habitación. Unos segundos después, el colchón se hunde detrás de mí y su mano, limpia y suave, recorre mi pierna mientras sus labios buscan el punto sensible detrás de mi oreja.

—¿Nada de eso? —dice con voz arrastrada, y luego me acaricia una nalga—. ¿O solo esa parte?

Saco la cara de su escondite y me doy vuelta para

mirarlo. Su mano se posa en mi otra cadera. Se siente bien ahí mientras él yace desparramado en la cama, con la cabeza apoyada en la otra mano.

—Nah, la mayor parte estuvo bien, en realidad —le digo, abrazando la almohada.

—¿Solo… bien? —Sus grandes ojos marrones se abren de par en par, y yo le respondo con una sonrisa endiablada.

Sebastian también sonríe de lado. Toma un mechón de mi cabello de la frente y tira de él dos veces, de forma juguetona. Luego vuelve a incorporarse y me da una palmada fuerte en el trasero.

Ay.

—Arriba y a la ducha —ordena—. Todavía necesito una taza de café antes de volver a la cama.

Gimiendo, me deslizo fuera del colchón, agarro mis jeans, una camiseta y unos boxers limpios de la mochila, y lo sigo por el pasillo.

CAPÍTULO 11

Sebastian

Entro primero a la cabina de la ducha y abro el agua. Raffael estira la mano para comprobar la temperatura antes de animarse a acompañarme, y eso me hace reír.

—Siempre tan miedoso.

Me saca la lengua y luego se mete bajo el chorro, con los ojos cerrados. Aquí dentro el espacio es reducido, nada que ver con la ducha amplia de su departamento, pero me gusta tenerlo tan cerca. Para ser sincero, si pudiera, lo llevaría pegado a mí a todas partes, atrapado en un abrazo apretado. Hoy hubo varios momentos en los que solo quería tomarle la cara y besarlo con ganas, simplemente porque dijo algo dulce o porque, una vez más, me regaló una de esas miradas tímidas que me desarman.

El día con él fue increíble. Me alegra que Claudia me haya sugerido traerlo a este viaje. Era justo lo que necesitaba para sacarse de la cabeza toda la mierda de Londres. Para animarse a dar el siguiente paso hacia otro mundo. Hacia el País de las Maravillas.

Todavía no conozco a mucha gente en la ciudad. Algunos tipos del gimnasio y unas cuantas personas del ambiente de las carreras. A ninguno lo llamaría un amigo cercano. Así que Claudia fue la primera persona a la que le conté los extraños comienzos de mi amistad con Raffael. Y los sentimientos que crecieron por él. Rápido. Después de la muerte de nuestros padres en un accidente de tren, Claudia pasó a ser mucho más que una hermana para mí. Es mi confidente más cercana. Me hace feliz ver que a Raff le cayó bien desde el momento en que cruzó la puerta. ¿Y la muñeca bebé? Bueno, lo adoptaría como su unicornio mascota al instante si pudiera.

Raffael se pasa las manos por el cabello empapado y se lo echa hacia atrás, con la barbilla levantada. Tiene el cuerpo más exquisito que he tocado en mi vida. Fuerte y definido, y aun así vulnerable de alguna forma en la manera en que se mueve. Ágil, como un leopardo. Un leopardo de las nieves.

Casi sin darme cuenta, noto cómo su mirada se desliza hacia mí a través de la cortina de agua. Me extiende el gel de ducha y asiente hacia mi abdomen.

—¿Quieres lavar eso?

Despacio, bajo la mirada hacia mi pecho, donde la tinta real se mezcla con los dibujos de Sharpie que llevan nuestras iniciales. ¿Deshacerme de esto? Ni en sueños.

Sé que en ese momento estaba alargando las cosas porque se sentía nervioso por quedarse a solas conmigo en la habitación. Pero la forma en que estuvo recostado sobre mi pierna todo el tiempo, la concentración casi reverente con la que se dedicó a dibujar... no pude apartar la mirada de él ni un segundo. Todo lo que hay de tinta sobre mi piel es perfecto. Incluso el pequeño borrón que apareció cuando cometí el error de tocarlo.

Raff siempre se sobresalta cuando se trata de contacto físico. Y se asusta.

Es lo más dulce del mundo. Y lo amo por reunir el valor de atravesar ese miedo. Porque quiere estar cerca de mí, igual que yo quiero estar cerca de él. El calor que crece dentro de mí con todos los recuerdos que construimos hoy es abrumador. Me aprieta la garganta y me deja en el pecho un anhelo por él que apenas puedo contener.

—Aunque no creo que funcione solo con jabón y una esponja —dice con su voz suave, sacándome de mis pensamientos—. Tal vez tengas que usar un cepillo áspero.

—¿Raffael…? —susurro con la voz ronca, encontrando su mirada entre el agua.

Mi tono áspero despierta su nerviosismo. —¿Mmm?

Pero ya hemos dicho suficiente. Le tomo el rostro entre las manos, lo empujo contra la pared con mi cuerpo y reclamo su boca en un beso cargado de necesidad, anhelo, amor y todas las demás cosas que ahora mismo no sé cómo nombrar.

A Raffael se le escapa un jadeo sorprendido. Se pierde en la intensidad que nace entre nuestros labios y lenguas entrelazadas. Sus dedos se clavan en mi espalda, y la forma en que se aferra a mí hace que mi corazón marque un ritmo que nunca había sentido. No quiero soltarlo. Nunca. Otra vez…

Así que cuando nos separamos y Raffael jadea en busca de aire, apoyo la frente contra la suya y cierro los ojos.

¿Todo está bien? —pregunta con cautela, con la mano derecha apoyada suavemente sobre mi corazón desbocado.

Asiento. Es lo único que puedo hacer.
Porque todo es perfecto.

CAPÍTULO 12

Raffael

Sebastian me sorprende un poco en la ducha. En realidad, me deja helado. No sé de qué hilo de pensamientos lo arranqué cuando le ofrecí mi gel de baño, pero estaba claro que estaba metido en algo profundo.

Ya otra vez con mis jeans y una camiseta blanca puestos, me froto el cabello para secarlo sin quitarle la vista de encima a Sebastian. Después de la ducha también está vestido, con jeans azules, y se acomoda la sudadera negra sobre el abdomen. Los dibujos hechos con Sharpie no perdieron intensidad bajo el agua.

Probablemente tampoco lo hagan en un par de días más. No estaba bromeando con lo del cepillo áspero. El marcador permanente es difícil de sacar de la piel.

Dejamos las toallas usadas en el cesto de la ropa y bajamos a la cocina porque Sebastian dijo que quiere una taza de café antes de irse a la cama. No conozco a nadie que tome espresso a medianoche, pero él es especial en muchos sentidos. Es solo otra pieza más del rompecabezas que lo hace perfecto para mí.

Una luz parpadeante se cuela desde la sala a oscuras y hace que los dos nos detengamos. Claudia se quedó dormida en el sillón con la televisión encendida. —¿Puedes apagarla? —me susurra Sebastian, que ya va camino hacia su hermana. La levanta del sofá junto con la manta tejida que la cubre y responde a su murmullo incoherente con un—: Hora de ir a la cama, Clauds.

Busco el control remoto y lo encuentro entre los cojines. La habitación queda en completa oscuridad cuando presiono el botón de apagado, así que sigo la pequeña luz del horno que Sebastian encendió en la cocina. Regresa unos momentos después y me pregunta—: ¿Quieres café tú también? ¿O algo más? ¿Té o chocolate caliente?

—Un chocolate caliente estaría bien.

Asiente y llena una taza con leche del refrigerador,

luego la mete al microondas y la deja girar un rato. Mientras tanto, me subo al islote de la cocina y hago una mueca, porque sentarme después de ese tipo de sexo se siente un poco raro.

Sebastian se ríe bajito al ver mi expresión incómoda. —No tenemos que hacerlo otra vez si no te gustó. —Coloca una taza bajo la cafetera. Mientras el líquido negro cae en el recipiente, saca mi leche caliente del microondas y la mejora con un generoso chorro de jarabe de chocolate. Al ponerme la bebida tibia en las manos, murmura en mi oído—: Pero fue lindo ser tu primera vez.

Sonrío al chocolate que descansa en mi regazo. —Eso significa algo para ti, ¿no? —La verdad, nunca entendí la emoción por las primeras veces. Al menos antes. Las chicas inexpertas me molestaban más de lo que me entusiasmaban. Ser el inexperto ahora me deja un poco inseguro.

Con el nudillo bajo mi barbilla, Sebastian inclina mi rostro hacia arriba. —Lo significa todo —me dice en voz baja.

Tiene razón. Todas las primeras veces que viví con él en estas últimas semanas también fueron primeras para mí. Y fueron muchas. No sabría elegir una favorita, pero mirar las estrellas desde un árbol y simplemente tomarle la mano está bastante alto en la lista. Justo debajo del sabor del helado de fresa y los cigarrillos en mi lengua.

Sebastian toma su café y se apoya contra la encimera frente a mí, con los tobillos cruzados y una mano en el borde del mesón. Me observa por encima del borde de la taza mientras bebe. Yo doy un sorbo a mi chocolate caliente y sostengo su mirada. Sé que puede ver la sonrisa que escondo detrás de la taza.

—No —dice, y deja su taza vacía en el fregadero.

—¿Qué?

Cuando se acerca, bajo mi bebida y, de manera automática, abro las piernas para que se coloque entre ellas. Con las manos apoyadas en la encimera a cada lado de mis caderas, me mira a los ojos desde los pocos centímetros que nos separan. —No te escondas. Eres impresionante, Raffael, sobre todo cuando estás feliz.

Aprieto la taza con más fuerza entre los dedos. ¿Cómo logra siempre que se me erice la piel con tan pocas palabras?

—Quiero pasar más tiempo contigo. No solo aquí, donde nadie te conoce. Quiero estar contigo mañana. Cuando volvamos a Londres. La próxima semana, el próximo mes... —roza mi pómulo con la punta de la nariz—. No dejes que esto termine en el País de las Maravillas.

El corazón empieza a latirme con fuerza. No sé de

dónde sale este nerviosismo repentino, porque yo también quiero estar con él, y no solo esta noche en Eastbourne. Pero pensar más allá de los límites de este lugar seguro me marea. Es como si tuviera un enjambre de abejas metido en la cabeza, y su zumbido peligroso no dejara pasar ningún pensamiento racional.

—Yo… —la voz me falla, así que me aclaro la garganta e intento otra vez—. No quiero que termine. Es solo que…

—No. No empieces a buscar excusas ahora. —Me corta mientras va dejando besos ligerísimos a lo largo de mi cuello.

Inclino un poco la cabeza para darle mejor acceso, porque se siente demasiado bien.

—No tienes que decirle al mundo entero que eres gay esta noche —murmura contra mi piel—. Solo deja de esconderte de ti mismo. Y de mí. —Su lengua traza círculos en el hueco de mi cuello y un escalofrío exquisito me recorre la espalda—. Intentemos tener una relación.

Mil pensamientos intentan abrirse paso entre el ruido del enjambre en mi cabeza. Imágenes de él tomándome de la mano en la calle. De que pase a buscarme después de un día en la universidad. De presentarlo a mi familia en Islandia. La taza de

chocolate empieza a temblar entre mis manos. —
¿Quieres que sea tu novio?

Los labios de Sebastian suben por el costado de mi
garganta hasta atrapar mi lóbulo entre sus dientes. —
Quiero que seas mi todo.

Dios, ¿por qué siempre despierta pensamientos tan
aterradores con las mejores sensaciones del mundo?
Quiero rendirme a él y hacer que deje de hablar al
mismo tiempo.

Pero yo también quiero estar con él. Y si el nombre
correcto para eso es novio, entonces quizá eso es lo que
quiero ser. ¿Por qué es tan difícil decirlo en voz alta?

—Jesucristo —gimo y apoyo la frente en su
hombro—. El crack no puede ser tan malo como tú.

El aliento tibio de su risa me humedece la piel. —
Me encanta ser tu droga.

—Sin duda —gruño y me bajo del mesón,
moviéndolo para pasar. En silencio, me observa
mientras termino mi chocolate caliente y pongo la taza
en el lavavajillas. Cuando vuelvo hacia él, hay un
pliegue curioso en su frente que decido ignorar. En vez
de eso, simplemente le tomo la mano y lo arrastro
fuera de la cocina.

—¿Eso significa que ahora es un sí? —La sonrisa
juguetona en su voz es demasiado dulce y me derrite el
corazón.

Pero mantengo el rostro serio. No me doy la vuelta; solo subo las escaleras con él. —Eso significa que es tarde. Ha sido un día largo. Estoy cansado. Me follaron el culo. Y de verdad necesito un par de horas de sueño antes de poder pensar en cualquier otra cosa.

Sebastian se ríe detrás de mí. —¿En mis brazos? —Se deja arrastrar en cada paso.

Mierda, ahora tengo que morderme mi propia sonrisa. Pero no funciona muy bien. —Tal vez.

En su habitación lo suelto, me quedo solo en bóxers y luego me dejo caer boca abajo sobre la cama, mirando hacia la ventana. Al poco rato, el colchón se hunde cuando se mete detrás de mí. No se me escapa que no apaga la luz de inmediato. Y, diablos, puedo sentir su mirada irritada en la nuca. Me hace sonreír para mis adentros.

—No vas a dormir así de verdad, ¿o sí? —murmura después de un par de minutos. Por fin me echo a reír.

Me doy la vuelta y lo encuentro abrazado a la almohada sobre la que está recostado, haciendo pucheros como un niño pequeño. —¿Qué? —reclamo—. ¿Muy poco contacto corporal? —Con una sonrisa provocadora, adelanto la rodilla hasta apoyarla contra la suya, igual que él hizo cuando estábamos en el cine y yo no fui capaz de tocarlo—. ¿Así está mejor?

—No. —No rompe el contacto visual cuando

engancha su pierna con la mía y la atrae hacia su lado, dejándolas enredadas—. Ahora sí. Un poco.

Y lo está.

Nos miramos fijamente, y espero a que apague la luz. No lo hace. —¿Qué significan todos los patrones de mi abdomen? —pregunta.

Claro. Al parecer, dormir está sobrevalorado. Aunque, pensándolo bien, me gusta que no quiera dejar que el día termine todavía, así que me apoyo en el codo y empujo su hombro para que se dé vuelta boca arriba. —Esto —digo, y recorro con la yema del dedo la doble hélice que dibujé al principio— es por las características raras con las que la naturaleza te equipa cuando naces.

—¿Como ser gay? —pregunta Sebastian, acomodándose un poco para poder ver lo que le señalo.

—Como tener el cabello rubio o negro —replico con sarcasmo.

—Ah, claro. —Pone los ojos en blanco, y yo me río. Luego deslizo el dedo hacia las franjas del abejorro.

—Esto es un homenaje a tu amor desmedido por las películas raras de cómics cuando eras chico. —Levanto las cejas—. Significa: Bumblebee por siempre.

Riéndose, aparta los mechones rubios de mi frente, pero enseguida retira la mano. —No eres realmente fan de Transformers, ¿o sí?

—Bueno, soy más del tipo Fast & Furious.

Lo acepta sin hacer comentarios. —Entonces, ¿qué es la tortuga?

Sigo con el dedo las líneas del caparazón de la tortuga marina abstracta. —Es por un paseo precioso junto al océano. —La voz se me vuelve más suave. Por un instante, mi mirada se queda atrapada en las letras entrelazadas R y S. Me niego a explicar qué significan porque, a estas alturas, creo que ya entendió hacia dónde va todo esto. En cambio, llevo el dedo hasta el motivo más destacado bajo su corazón.

Sebastian coloca su mano sobre la mía y recorre con la yema del dedo las ramas de piel limpia contra la oscuridad. —¿Un árbol contra el cielo nocturno? —pregunta en voz baja.

—País de las Maravillas… —susurro, con la voz áspera.

Sus dedos se cierran con cuidado alrededor de los míos y espera hasta que por fin lo miro. —¿Capturaste hoy algo de mí?

Durante unos latidos quedo atrapado en su mirada castaña y cálida, luego vuelvo a bajar la vista a los dibujos. Mi voz apenas es un susurro cuando le digo—: Creo que nos capturé a nosotros en ti.

Un silencio cae sobre la habitación y casi me dan

ganas de retractarme. Un pitido desde el bolsillo de mis jeans en el suelo me rescata del momento. Salgo de la cama y recojo el celular. A esta hora de la noche solo puede ser Tanya o Felix, y llevo todo el día esperando este mensaje. Sentado en el borde del colchón, sonrío mientras leo lo que escribió Tanya.

—¿Tus amigos? —pregunta Sebastian, con un tono que suena como si él también hubiera regresado de las planicies emocionales del País de las Maravillas.

Asiento. —Felix por fin soltó la sopa. Y Tanya está entrando un poco en pánico ahora mismo. —Se queja con demasiadas palabras de que nunca estoy en la ciudad cuando pasa algo importante y loco—. Sí, claro. Como si yo me fuera con desconocidos todos los fines de semana.

Empujo la almohada contra el cabecero y me recuesto, metiéndome bajo las sábanas que Sebastian sube. El calor de sus piernas entibia el espacio casi de inmediato, y me gusta.

Usando ambos pulgares en la pantalla, le escribo un mensaje a Tanya:

Yo

Cálmate, nena. No sé cómo no vimos venir esto, pero es exactamente lo que quieres y necesitas. Felix es perfecto para ti. Lo sabes. Y no voy a desaparecer de tu vida solo porque ahora tengas novio, lo prometo. Puede que yo tenga uno muy pronto. :P Así que ponte los pantalones de niña grande y dile que SÍ, carajo. Y si de verdad te da demasiado miedo dar ese salto, hay un libro para colorear en mi departamento que puedes pedir prestado y pintarte un poco de valentía. ;-)

Envío el mensaje, feliz por el emoji de lengua afuera y los tres corazones que me manda de vuelta al instante.

Quiero guardar el celular, pero no tengo oportunidad porque Sebastian me lo arrebata de los dedos. La protesta se me queda atascada en la garganta cuando sostiene el teléfono sobre su abdomen y le saca una foto a los adornos seudomaores. Se la envía a sí mismo por WhatsApp, usando el chat que llevamos desde hace dos semanas, y luego me sobresalta cuando me rodea el cuello con un brazo, me atrae hacia él y levanta mi teléfono para tomarnos una selfie. Mientras se inclina para besarme detrás de la oreja, me cubro los ojos con el antebrazo, incapaz de borrar la sonrisa de mi cara.

También se la envía a sí mismo, y el corazón me da un vuelco cuando alcanzo a verla. Se ve dulce y sexy y prohibida y completamente demencial al mismo tiempo. Sebastian escribe algo más después, pero cierra la aplicación y me devuelve el teléfono antes de que pueda leerlo. Curioso por naturaleza, vuelvo a abrir el chat y suelto una carcajada.

Yo

La primera foto de nosotros como pareja.

Escribo mi propia respuesta y se lo devuelvo de inmediato, justo debajo del mensaje que publicó en mi nombre.

Yo

Sí... no. Sabes que no somos pareja.

Sebastian va leyendo mientras escribo y luego vuelve a agarrar mi teléfono, corrigiéndolo a su manera.

Yo

...todavía no. Pero hablaremos de la opción cuando estemos de vuelta en Londres.

Yo

Tal vez. Buenas noches, Sebastian.

Yo

Buenas noches, Raff.

Mientras Sebastian rueda hasta el borde de la cama y apaga la lámpara del buró, yo me giro hacia el otro lado y dejo el teléfono en la mesa de noche. Antes siquiera de que tenga tiempo de hundirme otra vez en la almohada, su brazo rodea mi cintura y me atrae contra él. Se me escapa un pequeño jadeo y luego me río en silencio cuando mi cabeza queda apoyada en su brazo extendido.

Deposita un beso en mi cuello, y cierro los ojos, respirando el aroma de arcoíris en el País de las Maravillas.

*

Mi rostro y mis hombros están agradablemente calientes, como si alguien hubiera metido la parte superior de mi cuerpo en un horno, aunque la manta se deslizó hasta mi cintura. Acostado boca abajo, con los brazos escondidos bajo la almohada, parpadeo al abrir los ojos y el sol que entra a raudales por la ventana me deja casi ciego. Debo de haber dormido buena parte de la mañana.

Nosotros.

El brazo de Sebastian descansa sobre la parte baja de mi espalda, y las yemas inmóviles de sus dedos rozan mi costado con una suavidad distraída.

—Buenos días —dice en voz baja detrás de mí. Me toma un poco por sorpresa.

—¿Cómo supiste que desperté? —Dios, tengo la voz hecha trizas.

Sus dedos empiezan a moverse, acariciando lentamente el costado de mi abdomen. —Respiras distinto cuando duermes.

—¿Cuánto tiempo llevas escuchando mi respiración?

—Una hora, más o menos.

Me incorporo de golpe y me apoyo en los codos, lanzándole una mirada entrecerrada. —¿En serio?

Sebastian se ríe y rueda hasta quedar boca arriba. Se coloca un brazo detrás de la cabeza. —Duermes como una roca. Creo que habría que echarte un balde de agua encima para despertarte.

Recién entonces noto que está vestido. Jeans y una camiseta negra de tirantes, acanalada. ¿Cuándo demonios se levantó? Relajo los hombros y vuelvo a recostarme en la almohada, sin dejar de mirarlo a los ojos.

—¿Tienes hambre? Claudia y Michelle llevan despiertas desde hace horas, pero puedo prepararnos el desayuno si quieres —ofrece.

—No desayuno. Con una taza de café estoy perfecto.

—¿Cappuccino con una montaña de azúcar? —me provoca, y logra arrancarme una sonrisa. Luego se levanta con rapidez y se calza las zapatillas rojo oscuro. Ya en la puerta, se gira hacia mí—. Baja cuando estés listo.

Suelto un suspiro largo y cierro los ojos un momento más cuando se va. Después, por fin me levanto y me pongo la ropa que llevaba después de nuestra ducha de medianoche. Tras cepillarme los dientes, bajo las escaleras y sigo el murmullo de las voces hasta la cocina. Están Sebastian, Claudia y una mujer mayor que parece nueva incluso para él, porque se están dando la mano.

Cuando me ven llegar, Claudia me saluda con una sonrisa cálida y extiende el brazo para llamarme, invitándome a acercarme. La mujer, de rizos cortos y canosos y arrugas que cuentan una vida entera, me observa con simpatía. —¿Otro hermano tuyo? —le pregunta a Claudia, aunque me extiende la mano. Se la estrecho.

—No. Raffael es un amigo de la familia —responde Claudia. Luego se vuelve hacia mí—. Ella es la señora Shoemaker. Ella y su esposo se mudaron a la casa de enfrente hace apenas un par de meses.

La mujer, de unos setenta u ochenta años, con una blusa blanca sencilla y una falda floreada, parece la abuela de cualquiera. Su mano es cálida, regordeta y suave. En el otro brazo sostiene un paquete de harina, así que supongo que vino a pedir ingredientes prestados para hornear galletas para sus nietos o algo por el estilo.

—Encantado de conocerla —digo, pero enseguida mi atención se desvía hacia Sebastian, que se acerca para poner una taza de café humeante en mis manos.

—Con extra, extra azúcar —me susurra, mientras las mujeres se enredan en una conversación a la que ya no presto atención.

Acepto la taza con una sonrisa y doy un sorbo. —Mmm, perfecto. Creo que voy a quedarme contigo —lo provoco en voz baja.

—¿Como tu barista? —Sebastian me saca la lengua.

—Si además sabes preparar una buena lasaña, puede que te ascienda a mi cocinero personal.

Levanta las cejas de una manera sugerente que me eriza la piel. —Entonces, ¿quieres que te prepare la cena esta noche?

—Eso no fue lo que dije. —Pongo los ojos en blanco, pero me río, hasta que veo algo todavía más dulce que Sebastian por encima de su hombro. Michelle está sentada en el piso de baldosas de la sala, con un vestido amarillo adorable de mangas abullonadas. Con la taza en las manos, me acerco y me agacho frente a ella. No me nota de inmediato mientras intenta encajar una pieza de madera con forma de conejito en un hueco que claramente corresponde a un perro.

—Buenos días, princesita —le digo en voz suave, procurando no asustarla. Aun así, levanta la cabeza de golpe, con los ojos encendidos de alegría. Me extiende el conejito y yo lo coloco en el lugar correcto de su rompecabezas de la granja.

Entonces algo detrás de ella me llama la atención, y me incorporo despacio.

Son las noticias en la televisión. Una mujer con un vestido rojo de oficina mira a cámara mientras detrás de ella pasan imágenes del Desfile del Orgullo Gay de ayer. Todo parece un carnaval gigantesco. Reconozco Oxford Circus y Regent Street mientras miles de personas celebran, aparentemente pasándola de maravilla.

Lo único que me incomoda es la expresión grave en el rostro de la presentadora.

—Una sombra empañó el evento debido a una contramanifestación a las afueras de la ciudad…

Aparecen nuevas imágenes. Skinheads con chamarras bomber y botas militares marchan. Gritan y levantan carteles sujetos a palos con mensajes… repugnantes. Se me seca la garganta y apenas logro parpadear mientras las palabras de la presentadora flotan en mi cabeza como si llegaran desde muy, muy lejos. …fábrica abandonada… disturbios… dos personas brutalmente golpeadas… una pareja homosexual… rociada con gasolina…

Se me corta la respiración por completo mientras mi mirada, horrorizada, se queda clavada en la pantalla.

—Incendiados.

Una luz azul parpadea en la pantalla. Paramédicos empujan dos camillas hacia ambulancias distintas. El torso de una de las víctimas aparece apenas un segundo. Brazos, pecho, cabeza… quemados.

Me dan ganas de vomitar.

…mensajes pintados…

Unas letras enormes y negras ocupan la pared sucia de la fábrica detrás de ellos. La vista se me nubla con manchas blancas y negras que se mezclan. Apenas alcanzo a descifrar las palabras: MUERTE … CERDOS HOMO … ¡ARDAN!

Lo que dice después la presentadora se pierde bajo la voz aguda de la amable abuelita de la harina para galletas, detrás de mí.

—Ha salido en todas las noticias esta mañana. Si me preguntas a mí, es culpa de ellos. ¿Por qué no se quedan en casa? Siempre tienen que hacer estos desfiles ridículos, exhibiéndose como muñecos de escaparate.

Con la garganta cerrada, apenas logro tragar saliva cuando me doy vuelta casi sin pensarlo. El asco en los ojos de la simpática abuela se me clava como mil lanzas ardiendo.

—Herbert y yo siempre decimos que el mundo se va a ir al demonio si a esos fenómenos se les permite hacer lo que quieran —escupe—. Y miren lo que pasa.

¿Lo que pasa...? ¿El intento de asesinato de dos hombres cuyo único "crimen" es amarse... eso es lo que pasa?

Mi mirada salta a los rostros pálidos de Claudia y Sebastian detrás de ella.

—Estelle... —jadea Claudia al acercarse.

Me llevo una mano al estómago porque algo ahí dentro amenaza con salir. Claudia me quita la taza de la mano, y la dejo, pero no puedo mirarla. Sebastian es lo único en lo que logro concentrarme. El hombre al que besé. Al que toqué. Con el que estuve anoche. Un ardor ácido me sube por la garganta. Imágenes mías frente a un grupo de skinheads me atraviesan la cabeza. Me empiezan a arder los ojos. Creo que pasé casi un minuto sin parpadear. En mi mente los veo echándonos gasolina encima. A mí. A Sebastian. A cada persona gay del mundo.

Y nos prenden fuego.

Porque lo merecemos.

Porque somos fenómenos.

Porque la amable abuela de al lado lo dijo.

—Raffael… —raspa la voz de Sebastian, inmóvil, igual que yo.

Pero no quiero hablar con él. No quiero escuchar. No quiero estar aquí.

No quiero ser gay.

¡Necesito salir de aquí!

CAPÍTULO 13

Sebastian

Raffael me mira como si solo quedara el fantasma de él parado en la sala, como si su cuerpo se hubiera consumido anoche en algún lugar fuera de Londres, cerca de la fábrica abandonada.

No tengo la menor idea de por qué esta mujer horrible y prejuiciosa sigue en nuestra casa, pero espero que algún día reciba lo que se merece por lo que acaba de decir. Por el espanto que dejó clavado en los ojos de Raffael.

Si Claudia no le hubiera quitado la taza de café de la mano, seguramente habría terminado hecha añicos contra el suelo. —Raffael… —susurro, porque tengo la sensación de que lo último que quiere ahora mismo es que me acerque a abrazarlo. Aun así, doy un pequeño paso en su dirección.

Se estremece apenas me muevo, luego se da la vuelta de golpe y sale de la casa a toda prisa.

—¡No! ¡No! ¡No! —grito, empujando a la fornida señora Shoemaker para apartarla mientras corro detrás de él.

Raffael no llega muy lejos. A la sombra del cedro del jardín delantero, apoya una mano en el tronco y se lleva la otra al estómago, jadeando en busca de aire. Reduzco el paso y me acerco con cuidado. —Raff…

Levanta la vista hacia mí con pura desesperación, el rostro pálido cubierto de sudor frío. —No… —La palabra, seca y cortante, me deja clavado en el lugar, a dos pasos de distancia—. Solo… no. —Aprieta los ojos, la voz le tiembla—. Entonces su cuerpo se sacude y su estómago expulsa con violencia los pocos sorbos de café que había alcanzado a tomar.

De pie a un lado, impotente, solo puedo observar con el pecho apretado cómo Raffael cae de rodillas justo en el mismo lugar donde nos besamos ayer y vomita sobre el País de las Maravillas. Me duele el corazón por él, por los dos.

Un murmullo a mi espalda hace que mire por

encima del hombro. La señora Shoemaker sale de la casa acompañada por mi hermana, que lleva a Michelle en brazos. La anciana me lanza una mirada descolocada cuando la verdad de lo que está ocurriendo empieza a caerle encima. Le sostengo la mirada con rabia hasta que cruza la reja del jardín; después deja de importarme todo y me agacho junto a Raffael.

En cuanto le toco el hombro, se deja caer hacia un lado y queda sentado en el pasto, con la espalda apoyada contra el árbol. Respira rápido, con la mirada perdida en el cielo despejado.

—Hey —digo con la voz más suave que consigo, y le tomo los tobillos para anclarlo—. No es verdad. Nada de lo que esa mujer…

—Quiero irme a casa. —Me interrumpe, todavía con la vista fija en el cielo y no en mí.

—Escucha, entremos y solo…

—¡No, Sebastian! —El ceño, cargado de pánico y rabia, se me clava como un golpe—. Quiero irme a casa. Ahora. —Cuando su mirada se eleva apenas hacia donde está Claudia con Michelle, por la sombra que cae a mi lado, cierra los ojos con una vergüenza que duele. No quiere que ellas, ni yo, lo veamos así.

Trago saliva con fuerza, pero es evidente que este no es el momento de hablar. Quiere irse, así que eso es exactamente lo que vamos a hacer.

Me pongo de pie y le dedico a Claudia una mirada de disculpa, que ella me devuelve con tristeza en los ojos. En realidad no es culpa de nadie, pero todos nos sentimos miserables. Incluso Michelle parece inquieta por su querido unicornio. Le acaricio la mejilla con cuidado. —Raffael no se siente bien hoy. Voy a llevarlo a casa ahora.

Ella asiente, aunque su carita se ensombrece.

Entro corriendo y recojo nuestras cosas de mi habitación; luego agarro una botella de agua del refrigerador antes de volver a salir. Raffael ya espera junto al Honda, con la cabeza baja para no tener que mirar a nadie.

Solo cuando mi hermana se acerca a él con la pequeña en brazos, murmura un —Lo siento— apenas audible.

Claudia posa la mano sobre su antebrazo. —No lo sientas —le dice, aunque dudo que él llegue a oírla. Lanzo el equipaje al asiento trasero y le paso el agua a Raff antes de que suba al auto.

Como no quiero hacerlo esperar demasiado, abrazo a mi hermana un momento y le prometo llamarla más tarde. A Michelle le doy un beso cariñoso en la mejilla. Luego me deslizo detrás del volante, cierro la puerta de un portazo, me pongo el cinturón y enciendo el motor.

Con una última mirada a Raffael, busco alguna señal de que podamos hablar, pero solo gira la cabeza y se queda mirando por la ventana mientras da un sorbo de agua de la botella. Ha vuelto a levantar todos sus muros, y además los ha reforzado. Así que salgo del estacionamiento y me incorporo a la calle.

Las calles están desiertas este domingo por la mañana. Aun así, no acelero. No sé por qué. Tal vez porque una pequeña esperanza se me ha quedado clavada en el pecho, la de que Raffael recapacite y hable conmigo después de unos minutos, diez, veinte, cincuenta, una hora. Pero mantiene los labios sellados.

El silencio dentro del auto es asfixiante. Bajo la ventanilla para que, al menos, entre algo de ruido de afuera. No me atrevo a encender la radio. La ventanilla abierta no sirve de un carajo. Respirar no se vuelve más fácil por eso.

Dentro de mí se alza un grito de pánico al pensar que esto es el final. Que Raff no volverá a abrir la boca delante de mí. Que nunca volveremos a tocarnos como anoche. La felicidad que acabábamos de encontrar se me escurre entre los dedos como la arena de un reloj.

De vez en cuando le lanzo una mirada, y me duele ver cómo su pecho todavía se sacude con jadeos de miedo. La garganta se le contrae y, en la última media hora, se ha mordido el labio inferior más veces de las que le he visto hacerlo nunca.

Al cruzar los límites de Londres, el tráfico aumenta un poco. Por suerte. Porque nos obliga a ir más despacio. Me da miedo pensar en lo que va a pasar cuando entremos en Brook's Mews y tenga que detener el auto.

Quiero ayudarlo. Quiero abrazarlo y decirle que todo va a estar bien. En un semáforo en rojo, estiro la mano con cautela para tocarle la rodilla, pero aparta la pierna sin mirarme siquiera, después de dos horas de camino.

La quietud entre nosotros duele como diez mil agujas clavándose en mi piel.

Cuando llegamos a Mayfair y faltan solo tres minutos para su casa, tomo aire con un temblor y apenas consigo decir: —Por favor…

Un músculo le salta en la mandíbula, pero Raffael no responde. Y entonces llegamos. El edificio de departamentos se alza frente a nosotros como una montaña de condena. Estaciono junto a la acera y apago el motor, con la esperanza de que…

No. Raffael toma su mochila del asiento trasero y estira la mano hacia la puerta. Preso de un pánico que nunca había sentido en mi vida, le sujeto el brazo y lo detengo. Es más brusco de lo que pretendía, así que aflojo de inmediato cuando se recuesta en el asiento y frunce el ceño al mirar mi mano.

—¿Puedo verte otra vez…? —grazno, porque no sé qué más decir.

Pasa un largo momento en silencio. Luego empieza a negar despacio con la cabeza. Antes de que siquiera termine el gesto, suelto, lleno de miedo: —¿Por qué no?

—Porque tú… ese tipo de vida no es para mí. Es tu mundo. Tu País de las Maravillas. No el mío.

—¿Por qué dices eso? ¿Por una vieja arpía que no supo cerrar la boca?

—No. —Por primera vez desde que salimos de Eastbourne, Raffael levanta la mirada y se encuentra con la mía. Sus labios están tan blancos como el resto del rostro; solo sus ojos brillan con una angustia profunda—. Porque la gente se quema por eso —susurra, casi inaudible.

No quiero apartar la mano de él. No puedo.

—Sí. Por criaturas a las que apenas se les puede llamar humanas —respondo.

—No importa. Pasa. Y no quiero ser parte de ese mundo.

Mierda. Cuanto más sereno se muestra Raffael, más me invade el pánico brutal de que voy a perderlo.

—Entonces, ¿qué vas a hacer ahora? —Mi corazón

galopa como un caballo de carreras—. ¿Fingir que te gustan las mujeres? ¿Meterte en una relación? ¿Casarte y doblarte toda la vida?

—No necesito estar con nadie. —Su voz plana me recorre la espalda como un escalofrío mientras aparta mi mano de su brazo—. Puedo quedarme solo. Mucha gente vive así.

No, no, no. No te vayas. No me hagas esto. Por favor.

Mis dedos se cierran en el aire. El nudo que se me forma en la garganta no me deja tragar al pensar que, en un minuto, me iré de aquí sin él.

—Raffael…

Abre la puerta.

Ni un beso, ni un roce, nada.

Solo una mirada que dice adiós.

Para siempre.

Y entonces se va.

Con un golpe seco, la puerta se cierra y aplasta cualquier posibilidad de un futuro juntos.

Mi corazón se detiene en un dolor que nunca había conocido.

Raffael y yo… fue como atrapar un copo de nieve frágil en la mano y, al instante siguiente, verlo empezar a derretirse. No hay nada que puedas hacer para salvarlo. Al final, solo queda una gota de agua en la palma donde antes estaba el copo. Y duele.

Dios, duele tanto…

Continuará…

Rompiendo el
TITANIO
ANNA KATMORE

ROMPIENDO EL TITANIO

Sebastian entró en mi vida en dosis pequeñas e intensas. Hasta que me volví adicto.

Ahora, romper esa adicción duele más que cualquier cosa que haya vivido antes. Ya no sé quién soy, quién fui ni quién quiero ser. Mi mundo está hecho pedazos, como los fragmentos de un espejo roto. Y al reconocerme en cada uno de ellos, sé que nunca volveré a estar completo. No sin él.

Raffael no cree en el cambio. En las posibilidades. En nosotros.

Mi corazón sangra cuando me alejo, aunque sea lo correcto. Pero a veces basta con mirar por encima del hombro para entender que aún no puedes dejar de luchar. Que tal vez la batalla valga la pena. Es ese instante en el que ves al amor de tu vida mirándote… sin aliento.

CORAZONES ROTOS
Rompiendo las reglas
Rompiendo los límites
Rompiendo el titanio

LEYENDAS DE NEVERLAND
Cayendo en los sueños de Nunca
La caída del tiempo
Corazón pirata

PÁGINAS SUSURRANTES
Ningún príncipe para Caperucita Roja
Un lobo en su destino

*

Eloyn
Lágrimas de Ángel
Mi vampiro secreto

Escribo historias porque no puedo respirar sin hacerlo.

Anna Katmore vive en un mundo encantador creado por ella misma. Un lugar donde la lógica espera pacientemente en la entrada y solo los soñadores pueden pasar. Pero cuidado: una vez que cruces el umbral, quizá no quieras marcharte jamás.

Disney no es solo su pasión; es su manera de ver la vida. Si pudiera, envolvería el mundo con un poco de polvo de estrellas para salvarlo de sí mismo. Su patronus es un lobo. Su varita, una ramita rota de manzano de 13¾ pulgadas, está llena de encanto. Y aunque siempre lleva purpurina en los zapatos, mantiene una distancia prudente de las zapatillas de cristal de Cenicienta. Demasiado arriesgado… algo podría romperse.

Para más magia, visita *www.annakatmore.com*